U0116809

短篇微型小说集

石榴花

张家乐/著

九州出版社
JIUZHOUPRESS

图书在版编目（CIP）数据

石榴花 / 张家乐著. —北京：九州出版社，
2011.8
ISBN 978-7-5108-1083-1

Ⅰ. ①石… Ⅱ. ①张… Ⅲ. ①小小说－小说集－中国
－当代 Ⅳ. ①I247.8

中国版本图书馆CIP数据核字(2011)第151898号

石榴花

作　　者	张家乐 著
出版发行	九州出版社
出 版 人	徐尚定
地　　址	北京市西城区阜外大街甲35号（100037）
发行电话	(010) 68992190/2/3/5/6
网　　址	www.jiuzhoupress.com
电子信箱	jiuzhou@jiuzhoupress.com
印　　刷	北京俊林印刷有限公司
开　　本	880毫米×1230毫米　32开
印　　张	6.6
字　　数	133千字
版　　次	2011年8月第1版
印　　次	2011年8月第1次印刷
书　　号	ISBN 978-7-5108-1083-1
定　　价	20.00 元

★版权所有　侵权必究★

序 言

　　《石榴花》共汇集了短微型小说88篇。内容涉及军旅、社会、情感、战争等主题。《石榴花》取之书中一篇同名小说，寓意其花红艳夺目，其果粒粒相凝，其味酸酸甜甜。

　　几十篇短微作品汇集在一起，就形成了一个多彩的世界。每每读来都有一种莫名的兴奋和冲动。《石榴花》的作者以深邃而独到的眼光，体察社会，透视人生，既在平实中再现了现实生活斑斓纷呈的一面，又在严肃的主题中给人以幽默、诙谐的享受。微型篇幅，构思别致，视角新颖，立意不俗，峰回路转，出其不意是这些作品的特色，细细读来，令人叫绝，堪称一部佳作。

　　本书的重头戏是《石榴花》。作品虽然只有一万多字，展现的却是一篇巨著的缩影。这是一篇朴实的小说，情节多变，描述了一个善良柔韧，自强不息的女人经历了一段失败的婚姻之后勇于拼搏的生命历程。石榴花虽然是一个虚构出来的人物，但她的经历，她的人生态度，却形成一种可以供我们去借鉴的宝贵的精神财富。

　　情感内容的篇幅较多，作者从多角度、多层面透视了当今社会婚姻家庭中的情感链条的状况。《生活档次》通过手机与社会的沟通，造成了一些家庭婚姻的危机。两个淳朴的农民工追求上档次的生活，却给自己的家庭带来了严重的冲击。《退婚》表现了主人公通过自己的奋斗，改变了贫困，找到了幸福，在光棍村树立了一个榜样。《淹没》、《重组》、《贤妻》、《猝》等婚变题材，通过不同背景的家庭，由于夫妻之间的感情运作存在着严重的问题，造成了婚姻的危机和解体，让人感悟到婚姻是需要呵护的，不可掉以轻心。《寡妇楼》里新闻多，两对夫妻以闪电般的速度相互换位，组成了新的家庭，顿时，寡妇楼里哗然。《婚礼》、《会说话的眼睛》属于悲情戏，由于意外的伤残，给相爱的恋人带来的痛苦和折磨，读来感人至深。《喜盈门》两代人在胡同里酿就了甜蜜的姻缘，读来让人觉得心情欢畅。《多种结局的故事》通过在乡间小河无意中彼此手相触的男女青年，进城打工后，融入了大千世界的不同经历的变换，反映了他们心里那份淳朴的情感永不泯灭。《第二次相撞》、《窗恋》、《镶嵌的感应》、《夜半婴啼》等表现了相恋中的青年人的精神风采和优秀品质，仿佛有一股朝气焕发的气息扑面而来。一对志同道合、追求一致的男女之间匆忙中的两次相撞产生了朦胧的爱情，让人禁不住对生活发出赞叹，意犹未尽的结局让人增添了甜蜜的遐想；一对新婚的夫妻怎么会有婴儿哭啼，对门的老夫妻夜半探秘，80后也有自己的风采；公交车上男乘客与女司机把相互间美妙珍贵的感应镶嵌在心里，让人觉得纯洁的情感像水晶一样透明；在城市高楼林立中一个刚毕业的大学生编写了一个窗恋的故事，很单纯很唯美。《真情》一对闪婚的小夫妻因为误会差一点走到婚姻的绝境，真情留住了甜蜜。《面试》、《婚戏》说的是单亲家庭子女的婚事。妈妈不愿女儿重蹈自己的覆辙，亲自面试未来的女婿，事出意外她碰到了一个让自己为难的问题；单亲家庭的不幸遭遇给子女心理的烙印是很深刻的，友人们为一个站在婚姻十字路口的单亲剩女演了一出戏，帮她克服心理障碍，促她作出婚姻抉择。《高高情》一只狗为一对离别多年，苦苦相恋的情人牵起了红线，感人至深。《太阳月亮》描写了两个性格迥然不同的女子对于一个择婚男人的心理感受。《男友》一个女子在情爱中受婚姻攀比的影响，冷漠了一段美好的恋情，错过了一个值得爱的男人。《佳佳棒棒》时代气息浓郁，展示了农村发展新貌，表现了大学生的精神风采。写作方法不俗，别开生面，似诗歌，非诗歌；是小说，非小说。在诗歌与小说之间找到一个门缝。《情人节送耳光》一种有独特经历，个性突出的节日纪念形式，一旦它被模仿了，大众化了，就会形成笑话。《六点》一段换婚的悲情戏，一个失去性功能的男人的遭遇，他的忍耐，善良和爱心令人感动。小说给人留下了深刻的记忆。《爱神失踪了》一篇神话般的小说，众爱神调研人间离婚率上升的原由，却被人世间的情爱所诱惑，鞭挞了世间婚姻中的恶习和弊端。还有《孬种》、《偷情》、《备份》、《初吻的感觉》等都值得一读。

　　作品涉及社会层面的题材比较宽泛。《超乎客户想象的服务》讲的是一个既有些意想不到，又感觉尽在情理之中的故事。商场如战场，商家为了获取利润挖空心思，绞尽脑汁，在阴阳和生死之间做文章，正体现出了商人无孔不入、无利不为的本性。文章中死者对生者的回话让人啼笑皆非。《代销》通过一个发生在古董市场上的故事，揭示了商海中的欺诈手段令人难以置信，防不胜防，告诫人们涉入商海要提高警惕，小心上当。《银行家》以金融危机为背景，把美国大银行倒闭与广大农家所经历的银行相对比，令人捧腹。这篇小说最精彩之处就在那个结局，太出人意料了。《垂钓高手》从一个独特的角度表现了运筹商海的智者的所为。《应试》说的是一名地球物理专业的大学毕业生，误入商业集团的招聘现场，以他的机敏智慧连过三关，获得商家的青睐。读来饶有兴趣。《轮住》几对新婚夫妻，独辟蹊径联手克服住集体宿舍带来的困难和尴尬。他们苦中作乐，读起来却酸酸的，涩涩的。《板砖》的背景是城建中渣土车违规，打乱了正常的交通规则，影响了周围的民生，激怒了百姓。一块板砖伤了司机，引起一场官司。掩卷细想文章斥责的恐怕不只是交通管理中的问题吧！《脸谱》一个未卸妆的京戏花脸，竟然吓得窃贼叩头求饶。看来治安治理出新彩了。《儿子》由于儿子和他的未婚妻精心安排，老刘的生命重新焕发出了光辉。文章的最后，老刘和那个寡妇唱起了情歌，及至他回到家后所发现的新装修，新家具，印证了老刘的新生活就要开始。《情立方》、《娘儿俩》等表现了亲朋、家庭成员之间和谐亲密的气息，读来有春风和煦之感。《返乡过年》通过一次车祸，表现了农民工高尚的精神风貌。《让灵魂翻个跟头》五个灵魂，只有最后一个飒爽英姿，光彩熠熠，一看就知能够翻跟头，而前面的四个，各有各的特色，各有各的悲哀，四种人生经历，代表了四种人生态度，又折射出社会百态。"怅然归队"，"无奈地叹息"，"悲痛地失声哭泣"，"呜呼哀哉"，四个人的灵魂都无法翻跟头。文章的结尾，一笔点明了主题，一锤定音，余味绕梁。

官场、职场题材的作品也熠熠闪光。《寻'儿'启示》反腐题材，电脑人以他们自己的方式实践反腐活动，却遭到了悲惨的结果，发人深思。《人事变更》揭露了官场笼罩在一种无形的，阴暗的关系网络中，腐败、可恶！《造河》通过两任县长对于先造河还是先修路的分歧，所造成的危害，揭露了现实社会中有些领导干部，"有理有据"地乱折腾。小说以"秦始皇的新婚洞房"为引子，加了一点儿小小的幻想，新鲜有趣。《胖姐》可气又可怜。生活中有这样的人，表面一套，背后又一套。不过她的感情生活也是苦不堪言的，大学生是悲哀的，但与胖姐相比她的悲哀透着单纯，而胖姐的悲哀里浮现着卑鄙。这篇小说文字不多，寓意深邃，胖姐栩栩如生。《玉帝的尴尬》由一个网名引发了一个看似荒诞的故事，抨击了侵占农民耕地的逆潮。《校门》作品通过校门的变迁，验证了几任校长对待校门的态度，给那些为捞取政绩，做表面文章的当权者勾勒了画像。《四个姑娘四双眼》第一次见到撰写眼睛的小说，写的有个性，有魅力。作品的立意是讥讽职场人事管理中才非所用，用人不当的弊端，有点意思。《总编的尾巴》总编屁股上的一条尾巴，引起了哄堂大笑，一种欢快的气氛烘托出融洽的同事关系。《借男友》借个男友对付上司的性骚扰，却受到启发开创了一个新的事业，别有一番感慨。

军旅题材的内容《上等兵迷糊》、《锤梦》、《追赶汽车的娃子》、《新兵蛋子》等几篇。随着阅读仿佛五个经历、个性迥然不同的上等兵走到了你的面前，走进你的心里。他们个个栩栩如生，个性鲜明。这样的作品，没有生活底蕴是写不出来的。这里没有豪言壮语，没有叱咤风云的业绩，只是一些普通的生活片段，但却生动鲜活，诱人感人，就像点滴的水珠，同样能够映射出太阳光辉，让人有一种感悟和启迪。《锤梦》所展现的军旅练兵鲜为人知，没有切身的体验，是写不出来的，好风味，鲜哉！美哉！

战争题材的作品有几篇，各有特色。《乱炖》以一种幻想恶搞的方式，抨击美国发动的战乱，弘扬了爱好和平，反对战争的正义之气。乱炖这个名字不是小说的主题，而是小说的表达形式。通过一个拾荒者与美国前总统布什错乱的电话对话，尖锐地揭露和批判了战争的阴魂给世人带来的灾难，只有让那个阴魂受到鞭挞，才能赢得世界的和平。《泥潭》用写实的手法从人的本性方面控诉了战争给人们带来的痛苦，阿娇和纳尔逊之间那有些畸形的经历让人发自心底诅咒战争！《圆房》表现了一个老一辈人的婚恋经历，在抗战风雨中结下了姻缘，在战后抗灾中重逢，故事时间跨度较大，主人公经历坎坷，但他爱憎分明，对敌人他打得狠打得准，对亲人，对人民他忠贞不渝。他的故事可歌可泣。

海外华人题材的别有洞天。《万圣节的灵感》通过一个海外华人对于万圣节的真实体验，反映了主人公入乡随俗过程中的智慧。作品展现的生活景象很有特色，可以体会到不同文化、不同风俗给予人的心理感受。文字虽然不多，却有细腻感。《同居》表现的是在同一种环境下人与人，人与自然，人与动物的同居，是一种大同居。小说营造的异乡气氛，像一幅风俗画，意境很美。

总之，此书的结构特色应该属于骨干派，或瘦身形一类，快节奏的现实生活，孕育了快餐式的文学形式，适合大众的需求。

一位朋友说，看到这样的微型小说系列，让人有耳目一新之感，让我不禁回想起中学时代自己对文学的那份单纯的爱，让我重温了一把久违了的对文学的初恋。

另一朋友评论道，作者的名字也有些"想象的空间"——时间的手心，文学艺术创作不就是在时间与空间提供的"广阔天地"，寻找着美、塑造着美、讲述着美吗？根据内容、根据作者想要表达的主题，题材不是被"注水"、而是被合理地进行着裁剪。不要以为短篇不足道，真正的文学欣赏，并不只属于"大部头"。《石榴花》展开的是全景视的社会现实生活，不同身份的人、不同阶层的人、不同性别的人，演绎着自己的故事，讲述着自己的喜怒哀乐……公允地讲《石榴花》坚持的是"纯粹"——文学创作的纯粹，《石榴花》坚持的是作者的"忠实"，对于文学创作的忠实。《石榴花》这部小说集，确实像一枚成熟的石榴，颗颗、粒粒总系心——作者的心，读者的心。

非文学作品评论者——shigabpai

2011. 4. 18

目 录

太阳月亮

　　王哲是个大龄青年，大学毕业后一直在另一个小城市工作，前些日子刚调回省城来，在父母身边让他重温了儿时家庭的温暖。他的老爸老妈都是老实巴交的退休工人，独生子回到了身边自然是喜出望外，但儿子的婚事却成了他们的心病，多亏了七大姑八大姨的帮忙，明天就要去相亲。

　　经过双方协商相亲地点定在植物园菊花坛，赏菊相亲别有一番情趣。在父母的催促下，王哲提前来到花坛，在五颜六色的花丛中徘徊。他之所以熬成大龄青年客观原因是周边的女性太少，主观原因是总不甘心在那个小城市扎根，这些都是媒妁之言，以此解释大龄不娶的原因似乎也说得过去，可更深层次的原因　谁也说不清，就连王哲本人也懵懵懂懂。不过他心里总觉得那种男女之间天然的激情没有得到焕发，好像一种激发点从未出现。他本人用完美来形容显然太过，因为他不完美，孤芳自赏是他性格中最大的缺憾，因此在精神生活中他没有多少朋友，基本上是孤家寡人。时下人们形容那些并不英俊但男人味十足的男子常用的一个词是酷，这酷含义就丰富了，外形与神态，气质并风度都包含在里面了。这酷最根本的标准是男人就要有个男人样，这似乎成了社会大众的一个普遍的审美标准。王哲就是属于酷类型的男人。他高个子宽肩膀，面部组合棱角清晰，语音浑厚，特别是他那冷峻的神态，使他的酷涂上了一种冷色调。其实真正了解他的人都说他属于外冷内热型的人。

　　"是你？"一个女性的声音在王哲耳畔响起，他似乎觉得这声音的音色和频率有点熟悉，急忙抬头看去，只见眼前站着一个婷婷玉立的女子。

王哲看看周围没有别人，很茫然地问："是问我吗？"

　　那女子竟然嘻嘻地笑了"不记得了，太阳和月亮？"

　　王哲恍然大悟也笑了。他看着眼前这位笑容灿烂的姑娘反问："你是太阳？"

　　姑娘眨了眨那双大眼睛。

　　他们俩认识吗？说起来还有段小故事。昨天他按照七大姑八大姨的要求去了一所大医院洗牙，想把香烟熏黑的牙齿清洗干净，以提高相亲的成功率。起初给他洗牙的女医生使用的电动洗牙器震动轻，手法柔，让人有一种轻盈缥缈的感觉。王哲心想医如其人，这大夫的性格肯定是温柔型的，会受患者喜爱的。正在浮想联翩的时候一个住院的老者捂着痛疼的脸指名道姓的非要给王哲洗牙的大夫看牙。正在两难时隔壁刚送走一个病号的大夫把王哲领到她的躺椅上接荏给他洗牙。她的风格与前者迥然不同，那洗牙器震动的明显强烈，手法也快捷，给人的感觉似开天辟地一般。她的性格肯定是个热血型的。这两个大夫给了王哲太多的感受，临别时他当着两个大夫的面对她们的医疗风格进行了了一番点评，说前者捧给患者的是月亮，朦朦胧胧，诗情画意。后者托给患者的是太阳，激情炎炎，交响乐章。这话像一粒种子埋在两个未婚女医生的心里了。而王哲对于这两个穿白大褂，戴白口罩，白帽子和眼镜的女大夫虽见其人却不晓其貌。

　　太阳今天休息，她是到植物园采风的，经过构思写了几首小诗，想配几幅花卉照充实自己的博客。说到博客俩人的话题就更丰富了，后来越说越近乎，他们竟然是博客中的诤友，彼此像个亲密的邻居，常常到对方的博客里浏览，都是坦言直率的性格，在赞美之后，总会留下箴言。有时候他们也会争论不朽，每当这个时候，王哲会说她小心眼，她会说他钻牛角尖。其实，他们内心里都佩服彼此的博学和犀利的风格。太阳的文采像优雅的韵律，震颤着王哲心弦，他常常打开网页后，一只脚不由自主地先迈到她的家门里。

眼前的她笑语串串,笑脸盈盈。猛然,王哲心里有一种感觉在升腾,好似一种激情被点燃,他觉得热乎乎,火辣辣的。

两个人正说到热闹处,一个肩披米黄色围巾的姑娘向他们走来。王哲心里明白这个姑娘就是来约会的,事前介绍人特别嘱咐了女方会披一条米黄色的围巾。王哲正要举起作为接头标志性的物件——一本杂志时,太阳却先向那姑娘招手。

王哲问:"你认识她?"

"那是月亮啊!你也认识的。"

天下竟有这等巧事,月亮和太阳同时出现了,这让王哲不知所措。

月亮走过来对王哲莞尔一笑,又对手捧相机的太阳说:"给我照一幅。"

说着就站在花丛中。她的举动打破了瞬息间尴尬的气氛,三个人说说笑笑,又谈起了关于太阳、月亮的话题。

三个人尽管有说有笑,但心里的小鼓嘣嘣地敲。月亮对于王哲的印象深刻,她被他散发着的男人味吸引着,好像有人在悄悄地对她说这男子不错,值得追求。她尤其喜欢月亮这个称谓,这个称谓一下子打开了她的心扉。她似乎对月亮有一种缘,据妈妈说她是在月夜出生的,那天正是八月十五,透过产房的窗户可以看到月亮正在对着妈妈微笑。她的性格里有一种月色朦朦的基调,好像万物在她眼里都蒙上了一层薄纱,变得模糊不清又充满神秘。她做人很低调,从不张扬,默默无闻。她喜欢静思,常常一个人看着月亮思绪万千,她的精神领域是丰富的,她不是一个单调乏味的人。她热爱自己的职业,专心于牙医。她把自己的责任看得很高,她自信牙医是雕刻师,她雕刻的不仅是牙齿,而且是人的生命。她的形象特征也有一种月色的感觉,格外靓丽。她大学时经历过一段平淡的恋情,随着那男生的出国留学烟消云散了，没有伤感，没有眼泪。她愿意与王哲进一步接触，她心想就冲他称她月亮也值得交往。太阳性格开朗，激情洋溢，兴趣广泛，很多人都说她不适宜干大夫这一行。其实做牙医对她来说是个偶然，填报大学志愿时她把医学院的几个专业做成了纸阄，喊来她三岁的小侄女随手抓了一个，打开一看是口腔，就这样她成了一名牙医。虽说偶然，但她也恪守职责，牙医做得有声有色，人称"快手"说的是她动作快效率高。她挺善于交往，待人诚恳，同行都觉得她像磁铁石，很有吸引力。王哲说她是太阳让她十分感动，她喜欢朝阳，有一年秋天她特意登到泰山顶峰守候了一夜，清晨当火红的太阳从东海跳出时她仿佛觉得那太阳跳入自己的心窝，从此她心中有了一轮冉冉升起的太阳。她并不知道王哲是来与月亮相亲的，他们俩也没当着她的面点破其中的秘密，所以她显得无拘无束，落落大方。她也是个大龄女子了，之所以大龄不嫁是因为她总觉得她是个远航的人，船虽然到了码头，可她等待的人还没到来，她一直在等，一直在码头上守候。旁观者都说她挑剔得厉害，其实她内心里很苦，等待，尤其是常年的等待那滋味可不好受。王哲的出现让她心中的太阳为之一亮，她预感到他等待的那个人正在向码头走来，她要呼唤他别迷失了方向，朝着她所在的地方径直走。王哲面对两个可人的女子觉得彷徨，其实那天他对于月亮评语是肺腑之言，他由衷地赞赏她的医疗风格。对于太阳的医术他深有感触，她的风格会让人难以忘怀，那天太阳使他的牙齿产生了酸麻的滋味，当时很难忍受，可不知道怎么回事酸麻的感觉今天变得甜滋滋的。他心里想为什么在他与月亮相亲之时出现了太阳，莫非这是天意，是天赐良缘？

他们彼此留下了联络方式，各自怀着希望告别了。

……

借男友

萧雅是个白领丽人，在某大公司就职快半年了，今天她要请大学同寝室的女友燕子吃饭。燕子至今还没有找到合适的工作，不过她却结识了一个男朋友，她要在萧雅面前显摆显摆。

萧雅和燕子品着香茶在等燕子的男友，燕子故意卖个关子不说她男友的身份。

燕子羡慕萧雅找到一份称心的工作。工作虽然是萧雅喜欢的专业，可办公室里性骚扰却让她十分苦恼。萧雅是个不善于掩饰情绪的人，她一肚子的郁闷都写在脸上。

在燕子的再三追问下，萧雅说出了真情。她与公司的一个中层头目同在一室工作，此人有家室，已经是四十开外了，个头矮胖，脸面脏兮兮的。他经常对她污言秽语，有时候甚至还动手动脚。这让她十分厌恶，她甚至想辞掉工作一走了之，可又想到这份工作来之不易，只好在无奈中度日。

燕子越听越来气，恨不得帮着萧雅踹那家伙两脚。

正说着燕子的男友来了，是个公安干警，高大魁梧，英俊潇洒。

这时候，萧雅脑海里闪出一个念头，她对着燕子脱口而出："明天，把你男朋友借给我，做我十分钟的男朋友！"

燕子和她的男友愣神了。

"中午快下班的时候以亲密男友的名义到办公室接我，让他在那个讨厌的家伙面前震呼震呼！"

燕子爆笑，她的男友似丈二和尚摸不着头脑。

这一招果然很灵，那个中层头头规矩多了。

燕子从中得到了启发，她想到了一条自主经营的新路子，成立一个"租借友人公司"。

经营宗旨是适应形势，遵纪守法，架设桥梁，解决人际交往中疑难和应急事宜，获取适当的利润。

燕子与萧雅一拍即合，经过论证和筹备后办理了合法的手续，"租借友人公司"挂牌成立了。

刚上市就有一剩女登门，要求租借体态适中，绅士风度，舞步娴熟的男友参加一个商业联谊舞会。一中年女老板电话预约一男友参加某工程项目签约午宴，特别要求有相当的酒量。一男青年从小在奶奶身边长大，他恳请一代理女友探视即将辞世的奶奶，了却她盼望孙媳妇的心愿。有一筹办婚嫁的微胖的女子，要求寻觅一肥胖女人做伴娘，以衬托自己身段的苗条。一老妪，老伴辞世多年，儿女工作繁重，无暇顾及，特邀一聊伴，无论男女。一地处偏远，以外来打工妹为主的公司，为提高员工的工作热情，欲举办周末舞会，填写订单急需男性特征突出的男青年若干，并有长期合作的意向⋯⋯

银行家

赵凯祖祖辈辈是修理地球的。全村的人都说他家祖坟冒烟了，出息了个人才，考进了名牌大学，分到了名牌企业，把个赵凯夸得像从天上掉下的财神。

赵凯不是财神，却有个"银行家"的绰号。那还是他刚到企业报到不久，听到同事们在谈论美国雷曼兄弟和华盛顿互惠银行相继倒闭时，有人感叹这都是些百年老店怎么说关门就关门了？赵凯在一旁插了一句，才百年，我家的银行都几千年了不照样兴隆！大家都瞠目结舌，面面相觑，都觉得这个农哥们出身的新同事头顶冒傻气，突然爆发了一阵交响乐般的哄笑，不等赵凯解释便各自散去了。从此，留给他一个绰号"银行家"。赵凯默认了，反正这绰号挺吉祥随他们叫好了。

转眼到了该谈婚论嫁的时候了，适龄的女同事私下里议论能力赵凯是好样的，来的时间不长却连续攻下了好几个技术难关，论人品都认为他不够实诚。看来那个绰号给他造成了负面影响。与赵凯办公室对门相望的一个小靓妮子心里对赵凯有意，可总觉得吃不很准，回到家里就给奶奶念叨赵凯的事。当奶奶听到赵凯是个"银行家"时，迫不及待地要见他。小靓妮子想奶奶耳背她光听清了银行家，却没听明白是个假的。奶奶执意要见见这个银行家，自言自语人家都不惜充当第三者抱大款，如今财神爷就在身边你都不请。

小妮子拗不过奶奶终于把赵凯请到家里来了，奶奶左看右看不住的夸赞。奶奶与赵凯聊起农村的事一套一套的兴致很高，她还特别问赵凯老家养了多少鸡，都是什么品种，能下多少蛋。小靓妞子觉得太乏味便给奶奶使了个眼色，示意换个话题。没想到奶奶话锋一转说到赵凯的绰号"银行家"，她笑了，笑得前仰后合。她对小妮子说："农村家家都有银行。"

这话把小妮子说愣神了。

奶奶接着说："过去农村有句俗话，'地瓜干子作口粮，鸡腚眼子是银行。'"

六 点

六点病了，病得很重，眼看就要咽气了。

他的儿子贾兴和儿媳撇下宝宝蛋子乘了火车换汽车直奔六点所住的医院。宝贝蛋子快两岁了，本来他俩打算带上他去看爷爷，没想到临行前他感冒了，只好让他待在家里由奶奶照顾。奶奶其实是他们通过朋友介绍了请来的一个老阿姨。她的丈夫早年到海外淘金一去不归，说是偷渡时葬身大海。她没儿没女常年以保姆维生，转了张家转李家，把人家的孩子侍候大了，自己也老了。她在贾兴家干了快两年了，成了家里的总管。贾兴两口子上班单位离家远，出门就是一天，有时候还要有公差，几天回不来，孩子和家里的事全靠她撑着。贾兴对媳妇说离开她这个家就塌天了。

六点看到儿子、儿媳后好像精神了许多。他这一辈子可真不易，他的名字叫贾明，"六点"是他的绰号。这个绰号给他带来的是羞耻和痛苦。那时候贾明与姐姐相依为命，因为穷他娶不起媳妇，姐姐就自作主张把自己嫁到邻村的李家哥哥，李家的妹妹又嫁给了他，说通俗点就是换亲。姐姐和李家哥哥日子过得还马马虎虎，而贾明与李家妹妹却惨兮兮，贾明的脸总是红一道紫一道的。其实村子里的人都知道贾明不该成亲，他不是个真正的男人，他身上的那套家伙什只是个样子，没实际作用。那是因为他小时候被驴蹄伤了根子，能活下来已经是万幸了。李家妹妹嫁过来后他那一把棍从来就没竖起来过，总是耷拉着头，这时候她明白了为什么村里人都不喊他大名，而叫他六点。她也曾哭着闹着要退婚，但无奈爹娘反对。后来他与邻居家小三有了恋情，她变得顺溜点了。邻居家哥仨清一色的光棍，老大老二都熬成老大不小的人了，小三正当火气正旺的时候，自从李家妹妹嫁给贾明后，他隔着墙都能嗅到女人味，整天围着贾明家的院墙嗅来嗅去。他嫉妒贾明靠姐姐换来个媳妇，埋怨爹娘没给她生个姐姐也换一门亲事。终于有一天他憋不住了，他趁着贾明下地的工夫翻墙进了院子里。李家妹妹耳朵灵，听到院子里声音不对劲，顺手拿起擀面杖。小三扑通一声跪在她面前，声言非偷非抢，只想来看看嫂子。她本来看到小三就觉得心发热脸泛红，可从来没有单独接触过，今天他送上门来了，两个饥渴的人没有表白，没有承诺瞬息之间交融在一起，彼此吸吮着，宣泄着一种天然的野性的激情。一来二去，她的肚子大了。贾明心里明白，不能让李家妹妹上大街了，他怕毁了自家的名声。当孩子生下来时全村的人都明白是怎么回事了。贾家族人们不干了，他们要收拾小三。小三吓跑了。他们转头要把那个野种送人。贾明苦苦央求留住孩子，他需要有个儿子。孩子留下了，李家妹妹顶着个淫妇、破鞋的名声过着，眼看着一朵鲜花蔫悠了。贾明希望她走，留下孩子去找小三。当他把这话说出口时，李家妹妹倒在他怀里失声痛哭，她说贾明是个好人，她感激他。终于在一天夜里她走了。贾明听到了是小三把她接走的。临走前她搂着熟睡的儿子吻着，抽泣着。后来贾明在村子待不下去了，说他什么难听的话他都能忍受，但是骂小孩子是野种让他挺不住了。他也走了，背着孩子走了。经族人的关系他来到一个空壳工厂做守护人，这个工厂搬到三线去了，留下一些旧设备，原来的守护人病故了，因为地方偏僻没人愿来，尤其原来的守护人就死在厂区里边，怪瘆人的。贾明在工厂的空旷地里种上粮食和蔬菜，过上听不到骂名的舒心日子。贾明给孩子起名贾兴，含有高兴和兴旺的意思。贾兴上小学了，贾明就用一辆破旧的自行车带着他到十里以外的学校去。上到三年级，有一天他说什么也不愿到学校去了。贾明抱着哄着才知道了真相，孩子的同学说贾兴爸爸说话娘娘腔，脸上没胡子是个太监，太监是不会生孩子的。真是怕什么来什么，贾兴为孩子的声誉担心了。他鼓足勇气对孩子说，爸爸不是太监，太监是被骗过的，爸爸没有被骗过。儿子不信，贾明索性把裤子脱掉让儿子看自己的家伙什。这是他第一次在贾兴面前亮下半身，脸上有点发烧，还觉得怪羞臊的。贾兴信了，他相信爸爸不是太监，爸爸能生儿子，他又去上学了。贾兴中学读的是寄宿学校，开销大了。贾明在城里找到一份新职业，成了拾荒者，他租住到郊区的一个农户的旧房子里，每天起早贪黑到城里拾荒。他从不去贾兴的宿舍，有时候为给他送些费用和食品也只在下雨天头蒙着雨衣在校门口等。他心里明白孩子的名誉比金子还珍贵。贾兴也真有出息，考上了名牌大学，靠校外打工自己养活自己。贾兴工作后，贾明没有到过儿子所在的城市，他怕人们喊儿子是野种。贾兴娶媳妇了，他说什么也不肯到贾兴家去，他不愿让左邻右舍说贾兴的闲话。贾兴经常把他小家庭的照片和录像带邮寄给爸爸，贾明从中释怀自己的思念之情。贾兴是成年人了，他理解爸爸的苦衷，从心里爱戴他，尊重他。只是有一件事始终让他困惑，他很想知道自己的亲生母亲是谁，可那是爸爸的伤疤，他只是在小时候问过，懂事后从未张口。其实李家妹妹曾偷偷地潜回村找过六点和她的儿子，但是他们早已经移居他乡。六点一生的遗憾就是没有让儿子认知自己的母亲。他也曾打听过她的下落，但是如大海捞针，他一次次的失望。

在弥留之际贾明脸上掠过一丝笑容，他指着贾兴最近邮寄给他的一幅彩照说，她就是你的亲娘。贾兴看看那幅彩照，那是他们一家三口与老阿姨的合影。

让灵魂翻个跟头

蓦地，一阵旋风带走了五个过往行人的灵魂。

众灵魂在一片空旷地里落了脚，只听到一个叫"抬"和一个叫"杠"的超乎寻常的精灵对他们说："今天请大家来目的很简单，只要求每个灵魂翻一个跟头。"

众灵魂哗然。

按照抽签顺序，一个肥胖的灵魂第一个出场。只见她体态臃肿，步履艰难，一看就是个四肢不勤，五谷不分，养尊处优，得过且过的主儿。她使尽了解数竟然不能翻过一个跟头，怅然归队。

第二个出场的是一个驼背的灵魂，他的负载太多，背着五彩的希冀，扛着缤纷的梦幻，牵着灰色的过去，挂着辉煌的未来，尽管有一腔热血，但周身都是"绳索"，不能自己，怎么能翻跟头？他只能无奈地叹息。

第三个出场的是一个精瘦的灵魂，颤颤巍巍的动作，茫然恐惧的目光，看状态似有鬼附体的感觉，其实他是被一种精神禁锢了，不能自拔。只见他木讷痴呆地站在那里，全然不知道什么是翻跟头，悲痛得失声哭泣。

第四个出场的是一个污垢满面，散发臭气的灵魂。这个灵魂在浊流中被腐蚀了，他已经失去了灵魂的本原。腐化堕落，罪恶累累。让他翻个跟头，他以为是要他的命，吓得魂不附体，早就瘫在那里了。呜呼哀哉！

第五个出场的是一个青春灵魂，飒爽英姿，光彩熠熠。他正要翻跟头，"抬"和"杠"欣然说道："不必了。"

众灵魂散去。

原来这是"抬"与"杠"打了个赌，说随意找五个灵魂看几个能翻跟头，结果大出他们的意料。于是又争论起来，人间有多少灵魂能翻跟头？各抒己见，争论不休。不过有一点他们形成了共识，这保健那保健，别忘了保健灵魂；这运动那运动，别忘了运动灵魂。常让灵魂翻个跟头！

应 聘

毕成是地球物理学的高材生，毕业后为谋职奔波。

一天，他看到一家大型石油公司的招聘广告，专业对口，十分高兴。他急急火火来到招聘办，见一个个应聘者都摇头叹息的离去，心想不必急火，还是那句老话说得好，不打无准备之仗，于是就返回宿舍关起门来恶补了几天专业知识，并做了若干种应急方案，还仔细斟酌了各种文字材料。

说实在的他的自然条件并不好，个子不高，其貌不扬。他跑过好几处招聘现场，有些招聘方把他精心准备的文字材料往一边一推，三言两语就打发了他。

这天，他再次来应聘。

三个考官，一个胖的坐中间，左边一个瘦的，右边一个不胖不瘦的，都戴着眼镜，各有一张疲惫的面孔。胖子有一种说一不二的铁腕人物的气质和架势。经介绍果然是个老总。

毕成恭恭敬敬地递上有关自我介绍的文字材料。

他刚坐稳当，那个瘦子发话了："放松点，别紧张。"

紧接着那个不胖不瘦的说："共三道考试题，一是口述题，二是实践题，三是书面题。具体题目抽签选择。"

毕成按要求先从第一个盒子里抽出一张纸签后，递给瘦子。

瘦子念道："请问什么人一年只工作一天？"

毕成心里发慌，是什么人呢？于是大脑迅速搜索记忆，他的记忆里没有相关的痕迹。猛然他意识到这是个脑筋急转弯题，旋即他排除了现实中的人物，开始捕捉虚构中的人物。正当限时快到的时候，大脑中突然闪出圣诞老人。只有圣诞老人每年工作一天。

中间坐的胖子脸上掠过一丝微笑。

接着毕成又到第二个盒子里抽出一张纸条。

不胖不瘦的人看了看纸条后说："现在地面上有一个大头针，请你找到它。"

瞬息间窗帘都拉上了，屋子里光线灰暗。

毕成向四周观察了一下，发现房间很大，要找到大头针仅靠满地摸索显得太笨，效率不会高。

思忖了片刻，他指着墙角里的扫把说："可以借用吗？"

得到应允后，他又提出要一张白纸。拿到白纸后，他把它撕成碎片，均匀地撒在地面上。这时候灰暗中隐隐约约能感受到点点白色。随后毕成又把那些纸屑扫在一起，从中找到了一个大头针。

瘦子问："为什么要撒纸屑？"

毕成答："这样可以在灰暗中辨别扫过的和没扫过的，提高效率。"

说完他又在第三个盒子里抽出一张纸条。纸条上写着：有的人在女人身上看到商机；有的人在儿童那里找到赢利。你能从逝者那里开发新的经营项目吗？请书面论述，限三百字以内。

毕成快疯了，这都是些什么题，跟地球物理毫不沾边！他几乎要拂袖而去，转念又想或许意在题外，考的是思维能力。他闭目静思片刻，当即确定了思路。很快一个最新的经营项目跃然纸上。建一个逝者天堂网，让逝者在虚拟中永生。他通过简洁的论述明晰了一种商路，在网络世界为逝者建立灵堂，书写他们的经历和业绩，留住他们的音容笑貌，让子孙后代铭记他们。这种形式不受时空的限制，从世界的任何地方，在任何时间都可以在网络中说上一句话，贴上一幅照片，与先辈的亡灵沟通。

考官对于毕成的书面论述产生了兴趣，提出了各种问题。毕成一一作答。瘦考官："在网上如何做到尊重和体现民俗？"

毕成的思路进一步拓展，他似乎来了兴趣侃侃而谈："编一个程序，设一间祭祀室，可以点香焚纸，奏乐击鼓，献花送果。"

三个考官鼓掌。胖子当即宣布："祝贺你毕成先生，你被录用了！"

毕成疑问："这里是招聘地球物理人才吗？"

三个考官同时喊出："啊？！"

再看看毕成的个人文字材料说："招聘地球物理人才在隔

壁。"

毕成转身要走，胖子急忙挽留："你如果有意加入商贸集团我们欢迎！"

婚 戏

葛琴与男友郝楠同居三年多了，近半年来郝楠常常跟她提及结婚的事，原因很简单，一是父母急于抱孙子，婚房早就准备好了。二是他要名正言顺的娶一个妻子。葛琴就是不同意。理由也有两个，其一，两个人的感情很好，在一起生活跟正式的夫妻没什么两样。其二，她是单亲家庭长大的，担心一旦婚姻出现了变故，受罪遭殃的是孩子。一向柔顺的葛琴对于婚事表现得很铁，这让郝楠很沮丧，很无奈。

最近，郝楠不再提结婚的事了，他们依然同居着。不过郝楠脸面上却挂了些许的冷漠。葛琴很珍惜与男友的这份情感，她与郝楠虽是经人介绍牵手的，但彼此很投缘，很贴心。看到他郁闷的样子，她百般的温存，但郝楠依然寡欢。

有一天，葛琴发现她与郝楠共同的存折里少了几万元钱，当初是计划用于购买新居的存款，不经过双方的协商是不能提取的。葛琴问过郝楠为什么不遵守协议擅自提款，用途何在？郝楠拉三扯四，支支吾吾。

葛琴正在琢磨一向诚实有信的郝楠吃错了什么药，这时她的亲密女友喜溪来了，坐稳当了后神秘兮兮地说："前几天，我在附近一所餐馆里发现一个与你男友相貌酷似的人。"

说着她从手提包里摸出一张彩照，递给葛琴。

葛琴目瞪口呆，她怎么也不相信郝楠居然与她最亲密的女友佼佼幽会，特别是他们相互喂菜的举动和亲昵的表情更让她眩晕。葛琴无声的哭泣。喜溪不知所措，她安慰葛琴别伤心，找他们谈谈让他俩给个说法。

"我做人太失败了，最亲密的人都背叛我，欺负我。"

"那么好的一个男人，你不和他结婚，人家也不能干耗着，他都三十好几，你也踩在三十线上的人了。"

喜溪觉得自己的话还不跟劲又补充说："你、我和佼佼都跨进剩女行列了，都过了当婚当嫁的年龄了，你不与郝楠结婚，再拖下去佼佼如果不抢，我也不会放过。快从牢笼里跳出来吧，有点自信好不好，单亲家庭走出来的人就注定不结婚了吗？！"

葛琴无语。

郝楠受公司外派已经出差几天了，他的手机总是关机，葛琴心急火燎的，坐卧不宁。她只好找佼佼问个究竟。电话转了一大圈，好容易找到佼佼的妈妈，原来佼佼也出差了，而且两人去的是同一个城市，同一天乘坐的是同一列火车。他俩不是同一个公司的怎么会同时去一个地方出差？把取款、彩照和出差串联起来，葛琴意识到她与郝楠走到尽头了，心里乱乱的，慌慌的。她后悔没答应郝楠结婚的要求，没有设身处地地为郝楠考虑。六岁时爸爸就抛弃了她和妈妈，单亲的妈妈的经历和遭遇给她留下了太深的烙印，结婚恐惧感像绳索一样紧套着她。面对眼下出现的情况，她觉得措手不及，孤立无助。

煎熬了三天的葛琴终于找到了佼佼，她们相约来到一咖啡馆。刚一入座，佼佼就对葛琴说："你不用开口，我就知道找我是为了什么。"

"那就开门见山吧！说说你与郝楠是怎么回事？"

"郝楠本来想求我跟你谈谈，说服你与她结婚……"

葛琴拿出喜溪拍的那幅彩照说："这事怎么解释？"

佼佼脸上掠过一丝微笑说："你又不与他结婚，就不兴别人追求他？说白了我想与他结婚，在这里我要请求你的原谅。"

这么直白的对话，像给了葛琴一闷棍。她知道佼皎一向直来直去，这也是她最欣赏的性格特点，可今天这话像子弹射在胸口上，让她疼疼的，却无言以对。她俩是大学时期的上下铺，葛琴是个外地人，佼皎常常带她到家里改善生活，两个人似亲姐妹，毕业后佼皎妈妈还通过关系把葛琴安排在本城工作。

"这是你给最亲密的朋友出的课题吗！"葛琴痛哭失声。

"我们下月底就要结婚了，我还想请你做伴娘呢！"

"你们有爱情吗？"

"爱情是可以培养的，再说先结婚后恋爱也未必不会幸福，你就瞧好吧！"

"我把那个负心郎让给你了！"沉默了好大一会儿葛琴说着哭着起身要走。

突然身后边出现了喜溪，她按住葛琴的肩膀说："戏演过了！"

葛琴好像没听到，还在抽泣。

喜溪与佼皎爆笑，笑得眼泪都溅出来了。

葛琴不哭了，她好像更蒙了。

"给你说实话吧，我们在演戏激你与郝楠结婚，导演是我妈妈。"佼皎揭了老底。

这时候佼皎妈妈与郝楠来了。

"我做你们俩的证婚人，你要是不答应这门婚事，我可真要选郝楠做女婿了。"佼皎妈妈笑呵呵的。

郝楠不失时机地郑重地向葛琴求婚："嫁给我吧，我们结婚吧！"

原来郝楠取走的存款，是给葛琴买了钻戒和他俩旅游结婚的机票。

大家为她的婚事居然演了一出戏，真是煞费苦心，这让葛琴十分感动。友谊和真情消除了她的顾虑，她伸出左手让郝楠把钻戒戴在无名手指上，幸福的笑脸上挂着泪珠。人们簇拥着他俩，喜笑颜开。

高高情

阿慧拨通了女儿阿香的手机。她诉说下午带高高上街，在一个路口处它好像得到了一种感应，发疯似的向斜对面冲去。突然听到一声尖叫，高高好像被车撞了，受到惊吓后叫唤着跑了，找不到了。阿香听到了妈妈的哭泣声。

阿慧退休后女儿阿香领来一只雪白的小狗狗，取名高高，是阿香初恋情人的乳名。起初阿慧并不喜欢它，可有一天她发现高高会嗑瓜子，这让她对它有了兴趣。后来她又训练它一些技能，高高很机灵，对于她的手势甚至眼神都能心领神会，她渐渐地离不开它了。高高成了她生活中的一个伴，它逗她开心，她对它诉说心中的苦衷。

阿慧心里确实很苦，她的丈夫是个负心郎，在阿香不到两岁的时候就抛弃了她们。他原本是个小城镇的人，他与她成婚的理由是为了能够得到大城市的户口。后来他真的得到了，但他却把他所谓的家乡妹子领进了家。

阿慧伤透了心，她拉扯着阿香再也未嫁。

如今阿慧心里又添了一层惆怅，女儿已经快成"剩女"了，阿香的婚事让她坐卧不宁，最让她心烦的是女儿有一种逆反心理，按阿慧的理解好比是吃东西伤着了，见了那样东西心里就烦堵。其实阿香有过一次初恋，是她大学的师哥，人很本分，也挺有才，可就是因为他是小地方来的人，阿慧死活不同意，就连见一面都不肯。女儿是个乖乖女，从小就对妈妈言听计从，大了更理解妈妈的苦衷，从不做让妈妈伤心的事。

阿香与男友分手了。男友毕业后要回他的故乡，临别的那一天，她送男友到火车站，他们长久地相拥，谁也没说什么，其实彼此都有千言万语，只是不知说什么好。火车已经出站，她却怅然若失地站在那里，泪水模糊了视线。他心里装着阿香远去了，为了她的幸福再也没回头。

　　看到女儿现在的状况，阿慧心里多了一份自责，后悔当初不该棒打鸳鸯，拆散女儿的姻缘。

　　阿香提前回家了，她擦干妈妈眼角上的泪水，亲昵地抱着妈妈有节奏的摇晃，每当此时妈妈却成了孩子。

　　突然，门外传来高高的叫声。

　　阿香和妈妈赶紧打开房门。高高仰着头，摇着尾站在门口，妈妈扑过去抱起它。阿香看到楼梯口站着一个男人，那男人居然是那个小地方的她的初恋情人。他跟着高高找到阿香的新家，可他心想五年了会有许多变化，阿香可能有了伴侣，这样冒失唐突的登门会让大家都尴尬。于是，他远远地站在楼梯口忐忑地看着。

　　他们分别后，他出国读书去了，已经五年了，他回国来相亲，不由自主地来到了他的初恋城市。

　　他给阿香打过电话，可那个凝结在心中的手机号，已经不存在了。他也曾找过她的家，可那里已经拆迁，新的居住楼正在施工。这天他在当年与阿香常来的公园外转悠，猛然发现一只狗跟在他身后，那狗走起路来有点跛。他俯身看狗的后腿好像受了伤。狗双目盯着他，不停地摆动尾巴，好像有话要对他诉说。他觉得这狗似曾相识，看看它脖子上系了一个精致的小铃铛，他明白了，那铃铛是他在一个集市上买的，还是他亲手系在它脖子上的。时隔五年了，它还记得他，这让他很感动，可它的主人在哪里，环顾四周感到茫然。

　　他抱它到了动物医院，医生给予检查，结论是轻伤无碍。

高高把他带来了。阿香激动地流着泪给妈妈介绍了眼前的这个男人。

此时，高高跳起来了，它在人们的身上扑来扑去，欢实地样子一点也看不出受伤的痕迹。

阿慧笑吟吟地抱起高高离开了家，奔向菜市场，临走她邀请他在家里吃晚饭。

一对相思的恋人埋藏在心底的爱，突然间像火山喷发了，烧红了地，染红了天。

娘儿俩

珠子大学毕业两年多了，还没个男朋友，论长相、学识、人品都不差。她也不急，总是笑呵呵的。这可让娘烦透了心。

孤儿寡母的日子过得挺不容易的，好容易熬到女儿大学毕业，本指望女儿自己谈个对象，成个家。可是到现在了八字还没一撇，做娘的只好亲自参与，双管齐下。一方面托亲朋好友多方关照，同时找到一个信誉度高的婚介机构，帮着物色。

女儿去外地了，她是一个名牌产品的业务代理。娘在电话中对珠子说："明天是大礼拜你回家吗？"

"嗯。"

"我陪你到婚介哪里去一趟吧？"

"好吧！"

娘儿俩来到婚介所，娘的同事的朋友在这里是负责人，珠子的同学的姑姑是这里的红娘。二人按照预定来到婚介所。一位年轻的姑娘接待了她们娘俩。那姑娘一面操纵着电脑，一面介绍屏幕上显现出的人物。各种证件齐备，身份真实，人物社会和家庭背景交代的清晰，职业、爱好及性格介绍的详细。

　　一个个人物闪过，娘越看越觉得不对劲，怎么都是些老年人，显然与女儿找朋友不搭调。正要提出疑问，突然，屏幕上出现的一个老头引起了她的注意。此人额头上有一块深棕色的胎记，形状像个五角星。她不由自主地说："这人是不是姓马名奇？"

　　电脑操作女孩惊奇地问："是呀，你认识？"

　　他是她当年的街坊。他"父亲"实际上是他的三叔，因为先天性双目失明，未曾婚娶，大哥就把小儿子过继给他了。他"父亲"凭推拿按摩维持生计。娘的爹是个建筑瓦工，腿脚常有不适，马奇的"父亲"就常到家里按摩推拿。家里做好吃的了，或者给他爷俩送去，或者请他爷俩来家里吃，两家关系挺好。后来，马奇他"父亲"被聘到一家大医院里上班了，医院离得远，他爷俩搬家了。临走马奇还送给她一本小人书，她送给马奇一双线手套，是爸爸发的劳保手套，马奇的手伸进去手指头都够不到边。如今他也成了鳏夫。娘就想见见他。

　　婚介机构同意帮助联系，另约个时间双方见见面聊聊。

　　娘面有喜色，女儿脸上也绽开了花。

　　她们正要起身，娘突然醒悟，觉得不对劲，明明是来为女儿物色对象的，怎么成了给自己找故友了？

　　女儿撒着娇推着娘出了婚介所的大门。

　　原来是女儿心疼娘，特别是她出差后娘一个人孤零零地守在家里，让女儿心里很不是滋味，她本来就想给娘找个伴，来婚介所前她通过她同学的姑姑调了包，把本来应该给自己介绍认识的男青年，换成了老年人。

　　娘知道了珠子的心机后，说："你没听婚介电脑姑娘说，马奇有个儿子在部队，还没有女友，我见了他就给你提亲。"

　　"那不成了亲上加亲了嘛！"

　　娘儿俩笑开怀。

淹没

两个个性不同的女性，街坊邻居对其中的一个称为"火"，另一个称为"水"。她俩同住一栋楼，"火"居三楼，"水"住二楼。

"火"体态稍胖，性情开朗，言语高调，待人热情，乐于助人，特别是街坊邻居夫妻闹矛盾，打得不可开交时，都愿找她调解，她是有求必应，调解有方。她的丈夫是个典型的骨干式的人物，人送绰号"干柴"，他是个慢性子蔫脾气。"火"是家里的主心骨，她治家的基本套路是抓住金融，掌握着丈夫的工资卡，丈夫要用银两必须向她提出申请。她相信一个俗套的说法，男人没钱，女人不屑，管住了钱就拴住了男人。后勤事务一分为二，"火"负责采购，"干柴"主攻烹饪。分工明确，各司其职。"火"操的心多，管的事多，但觉得过得很充实，"干柴"有一种不操心，一身轻的愉悦。一般人都称赞他们俩是搭配得当。

"水"苗条婀娜，沉静寡言，性情柔顺，轻言细语。她的丈夫像个气吹的人，浑身上下鼓鼓囊囊的，人送雅号"轻舟"。"轻舟"是这家的主宰，大事小事他说了算。家中没有分工，没有计划，一切由"轻舟"随心所欲，不过他也不是个出格的人，对于家庭还是很有责任心的。"水"柔情随和，由着"轻舟"的性子来，不管他躁还是怒，她都给他个依顺的微笑。大家都认为这两口子组合也匹配。

这两个家庭都是社区有名的五好家庭。提起这两家，社区的人没有不说好的，尤其那些经常吵吵闹闹的夫妻对他们真是羡慕不已。

"火"爱"干柴"，她怕"干柴"分心，经不住诱惑，不允许他与过多的人交往。有时候"干柴"同事朋友有个聚会或酒局，大都让她拒绝了。久而久之，人们就不再请他了，因此，他的朋友很少，社交圈子很小，这正符合了"火"的理念，圈子小，诱惑少，家庭就稳定。事实也确实如此，"干柴"外面的应酬少，心就更紧贴在家里。"火"与"干柴"两口子形影不离，逛公园、看电影、轧马路、进超市两个人相随相伴，亲亲密密。"火"疼"干柴"，"干柴"从头到脚，穿的戴的都是她精心挑选、亲自购置的。一年四季，无论是棉的还是单的样式绝对新潮。就这样"干柴"被"火"燃烧了，烧得通红，烧得冒星星。

"水"与丈夫"轻舟"却是另一番生活。"水"喜欢一个人静静的待着，休班的时候她的精力都用在收拾家务上了，把家装点得洁净温馨。她喜欢依偎在丈夫的怀里撒娇，丈夫就爱这一口，他觉得妻子的柔情似水，载着他这个"轻舟"飘悠悠，晕乎乎的。两个人谁也没有控制欲望，工资银两都放置在一起，谁要用就去拿。可是"轻舟"是个善交际的人，棋牌、垂钓、台球、酒肉等各路朋友经常约他，他是有约必应。"水"并不干涉"轻舟"与友人交往。开始"轻舟"也带"水"与朋友聚会，但她嫌乱腾，索性一个人静静的在家里看书、养花。她也常去商店，总是一个人，她希望丈夫陪她一起去，但他只陪过她一次。那还是在他们新婚不久，他兴高采烈地伴着她走进商店。但是他实在忍受不了妻子的好奇心和耐心，妻子看得仔细，他越发觉得厌烦疲乏。每当她选中一件物品向他征询意见时，他总是哼呀哈的，让她觉得很扫兴。两口子也有红脸的时候，常常是因为丈夫挑剔她的烹饪技术引起的。一日三餐都是由她打理，可她的厨艺确是弱项。餐桌上丈夫时常会对于饭菜的火候和味道发些议论，她听得不入耳就把嘴撅起来。有时候丈夫在外面玩得郁闷了就跟她瞪眼，她会献上一个笑脸。天长日久，丈夫把生个小气，逗个小火当做激发妻子柔情的手段，从中得到一种心理上的满足和享受。

秋天到了，"火"又拽着"干柴"来到商场，她要为他选购一件风衣。

突然，"火"接到同事的一个电话，说是两口子闹疯了，请求"火"紧急救助。"火"在女同事们那里很有威信，她常给她们传授治家的秘方，她们都把她作为偶像。

"火"走了，临走留下一句话下次再买，让"干柴"回家。"干柴"像掉了魂似的在商场里转悠。这时候迎面走来了"水"。"水"正好要买一件风衣，她邀请"干柴"帮着参谋参谋。

"水"买了一件称心的风衣，她夸赞多亏了"干柴"的好眼光。

"干柴"相中了一件男式风衣，"水"也觉得不错。但他没有买，因为他没有钱，又怕失掉面子，只好找个理由推脱了。但他心里很高兴，因为"水"买的那件风衣是听了他的意见的。

过了些时日，"火"随单位组织的旅游团游山玩水去了。

回到家里就看到桌面上放着一纸文稿。她瞧了一眼，上面赫然写着离婚协议书，理由是他跳进"水"里被淹没了。

情立方

刘月按着地址找到吴大妈家，按了门铃，从门外都能听到清脆的铃声，可是没有反应，没人开门。是等还是走，正在踌躇时，楼梯口走过一个大妈，她冲着刘月笑吟吟地问："你找谁？"

刘月急忙答话："我找吴大妈。"

大妈顺手拿出钥匙打开房门说："进来吧，我就是。"

刘月并不认识吴大妈，她是奉老爹之命来拜访的。

刘月的老爹干了一辈子火车司机，走南闯北对于外面的世界已没有新鲜感，退休十几年就黏在老年活动中心扑克牌桌上。在这里他认识了棉纺厂退休的吴燕，两个人挺对脾气，打牌时就坐在对面，日子常了她喊他对门，他叫她对家。他们最擅长的是"升级"，两个人是一个联盟的，彼此配合很默契。

老刘是个单身汉，女儿工作单位离家远，中午不回家。吴燕是个孤老太，儿子开长途汽车，常年在外。他俩便成了老年中心旁边快餐店的常客。两个人饭菜不分你我，边吃边聊，快餐店的服务员都以为他们是老两口。

吴燕三天没来了，老刘惦记着她，要去她家看看，又怕左邻右舍说闲话，便打发闺女去探视。

当刘月说明来意后，吴大妈高兴得眼里都有了泪花。

吴妈倒了杯热水递给刘月后说："儿子住院了，他的车让人家的车从后面撞了，说是追尾，追得他的肋骨折了几根。"

"很严重啊！"

"没大事了。"

这时候刘月发现墙上挂着的照片中有一幅她觉得很眼熟，走到近处看，她觉得惊喜，不由自主地说："这是我们小学毕业时的合影！"

吴妈说："前排左边是我儿子，哪个是你？"

"右边这个梳小辫的。"

越说越近乎，刘月居然与吴妈的儿子是小学的同桌。她还记得他当时是全班最矮的男生，胖乎乎的，人们都称他"土豆"。

一个身材修长的青年在阳光下手里托着个篮球。刘月指着彩色照片问："这是谁？"

吴大妈说："这是我孙子，在北京读大学。"

"我女儿也在北京上大学。"刘月脱口而出。

两个人聊了一会儿心里头都觉得挺亲的。

　　第二天，刘月买了些营养品到医院看望他小学的同桌去了。她多年来就有个心愿，为老爹寻个老伴，自从娘去世后，老爹心里一直很孤寂。如今有了吴大妈，两个人感情又不错，做女儿的何不从中撮合，来到医院，一为探视老同学的伤情，二为试探同桌对此事的态度。

　　病房里吴大妈正坐在儿子的床边聊天，见刘月来了，赶紧起身招呼。

　　刘月放下礼品，站在床前说："'土豆'，还认识我吗？"

　　"土豆"端详了一会儿后，摇摇头。

　　"不记得你的同桌了？我是刘月呀！"

　　"是你啊！真看不出来了，都三十多年没见了。"

　　刘月问候了同桌一番后，两个人便开始续旧，说些老同学的逸事和趣闻，言谈融融。

　　吴大妈在一旁听着，慈祥的脸上始终挂着笑容。

　　刘月觉得这个环境和气氛不便于说老爹与吴大妈的亲事，就寻思着另寻机会。

　　可就在刘月寻思的时候，吴大妈也寻思起来了。儿媳跟着外遇走了后，对儿子打击很大，每每有人给他牵线搭桥，他都摇摇头摆摆手。吴大妈看到儿子与刘月聊得很开心，突然有了一种灵感，她听老刘头讲过，刘月的丈夫嫌她生了个女孩就甩了她，至今也是孤身。她决定找老刘头商量这门亲事。

　　又过了些时日，两家走动多了，相互间感情更深了。刘月爽朗的笑声让"土豆"心里觉得敞亮了。"土豆"的淳朴让刘月找到一种信赖感。

　　这一天，两家人正在一起聚会，吴大妈决定找老刘头为儿子牵线；刘月也要找"土豆"为老爹搭桥。

　　正在这时，吴大妈的孙子大学毕业回来探家了，他还带来个靓丽女友。

刘月定神看着惊喜地说："那是我的女儿！"

镶嵌的感应

男青年背着一个画夹，手里拎着一个沉甸甸的纸箱疾步赶上一辆刚停下的公交车，透过汗水流淌的眼镜片他看到一张甜蜜的笑脸，随即清脆的声音送入耳畔："欢迎乘坐本次客车！"

刚好车门旁边有个空座，男青年喘着粗气坐下了。

一位行动蹒跚的老妇人踏上汽车门口的阶梯。男青年起身拉了她一把后，背着画夹，提着纸箱离开座位向车后面走去。老妇人感激地说道："谢谢！"

汽车在行驶，男青年手扶着把手站立在那里有滋有味地回味，就在上车瞬息间，女司机的笑脸刻在他的心坎里了，尽管汗水模糊了他的视线，好似笼罩了一层面纱，那显现在朦胧里的笑脸，让他的心潮激荡，那不是一个职业性的微笑，那是发自内心地由衷地笑，那笑很灿烂，流露出真情实意；那笑很魅人，洋溢着女人的气息。他第一次乘这辆公交车，他还想再来。

女司机是个新手，刚上班没几天，她的心里也不平静，男青年匆忙的身影携着一股青春的蓬勃在她眼前略过，他的善举像潺潺的溪水自然流畅；似是一种生活习惯随意洒脱。她欣赏他从容的举动，希望他是常客。

车到终点站了，乘客陆续下车，男青年找了个座位坐下了。

女司机对他说："该下车了！"

男青年不好意思地回答："搭错车了。"

他的确是搭错了车，大学毕业后刚从外地来到这座陌生的城市，今天他明明是向南，却错搭了向北的车。

女司机莞尔一笑。

过了一会儿女司机给男青年送来一个纸杯，里面盛满了温水。这时候两个人有了近距离的接触，他俩的目光里都闪现着异彩，目光的语汇像感应器一样在交流，那语汇细腻含蓄，彼此都能读懂，他们对于对方的心理感应是上佳的，彼此相互赞许，相互欣赏，他们的情愫中产生了一种了解对方的渴望。彼此正要开口自我介绍的瞬间，突然他们又有了一种好事多磨，有缘再相会的念头。就这样他们把对方的感应都镶嵌在心里了。

女司机驾驶着公交车每天照旧行驶在规定的线路上。男青年再没来乘车。

不久，一份当地时报的副刊上刊登了一幅肖像画和一首抒情诗。

画名是《女司机》。

诗名是《男乘客》。

轮住

某企业有六对新婚夫妇，都住在本单位集体宿舍。他们都来自农村，家境一般，也都光顾过楼市，看看一排排鳞次栉比的高层住户楼，再瞧瞧日渐攀高的楼价垂涎三尺，瞠目结舌。

对于他们，最发愁、最烦心的事是夫妻生活无着落。开始，他们或者到宾馆里临时租住一夜，或者约好了其他人回避，在集体宿舍里方便一次。这两种情况都有弊端，也闹过不少尴尬事。租住宾馆价格过高，负担过重，有时候还会在半夜遇到综合治理人员盘查，又要身份证，又看结婚证，还要工作证，夫妻生活不得安宁。在宿舍里只能在大白天关门堵窗过夫妻生活，有时候遇到不明情况的朋友来访，敲门喊名很不肃静。后来有人就想了个办法大凡宿舍里有过夫妻生活的，就在门外挂一招牌，上面写道，夜班休息，请勿打扰！除此之外也有的人尝试过第三种办法。有一对新夫妻去郊游，到了一个林区，两个人好久没过夫妻生活了，因为过于憋闷，再加上自然景观的影响就有了兴奋感和情调欲。正当他们不能自制的时候，突然听到护林人喊抓流氓！多亏了他俩年轻反应快，逃脱了护林人的追赶，否则后果不堪设想。可妻子受到了惊吓几乎丧失了天然的欲望。

后来，他们按人头平摊合资在宿舍附近购买了一个二手房，房子面积虽小，功能俱全，除一室一厅外，还有小洗手间，凉台改造成的厨房。大家的夫妻生活总算有了妥善的地方。他们又把房间修整了一番，做到了明快整洁。他们每个人的心里都觉得踏实多了，一种总算有个家的感觉油然而生。有人乘兴提笔写了一副对联：

夫妻双双和睦家　　连理对对幸福园

大家说还少个横批，于是，有的人提议，春满华堂；有的人建议，春光入户；还有人捉笔直书，皆大欢喜⋯⋯

正式入住新家的时候，他们还在自己的家里搞了一次厨艺交流活动，各自做了拿手的好菜，大家举杯畅饮，个个酩酊大醉。

他们都是高学历，高智商的人，造个计划，画个表格可谓小菜一碟。他们从周一排到周六，每对夫妻轮流去住，星期天出租给另一公司的另一对夫妻。一张醒目的轮流住房明细表挂在房间门后，大家依次住宿，各获其乐。那张明细表被设计和装点成七套结构不同的三室两厅的房间，每套住房都融入了他们的智慧，倾注了他们的热情，体现了他们的审美趋向，那是发自他们心底的期盼，不过却是他们自嘲画饼充饥而已。

偶尔，他们也会谈到未来，谈到孩子，有的人坚持骑着毛驴看唱本——走着瞧的观点；有的人则有放到农村让爹娘抚养的构思。

后来，他们的经验被推广了，合资购房的小夫妻越来越多。

圆 房

秋雨夹杂着雪花在山野中飘荡，北风顺着山梁吹来，山坡上枯黄的杂草像波浪一样抖动。二猛背着杆长枪，紧抱着一男婴，顺着崎岖的山路疾步如飞，他要去找个老乡把孩子安顿下。这孩子与他非亲非故，他是随部队端了一个日伪仓库缴获了粮食、棉衣和枪支弹药后，在转移的路上听到一个婴儿的哭喊声，循声找去发现了一个男婴趴在母亲的怀里，母亲躺在血泊中已经停止了呼吸。班长领着大家把母亲的遗体抬到隐蔽处掩埋了后，对二猛说："这一带是你的家乡，给孩子找个新家，我们在02高地汇合。"

天已经擦黑了，在一个避风的山窝子里他发现了一个用野草、树枝堆积的小窝棚。他想停下来歇歇脚，喂喂孩子，便坐在窝棚旁，取出了一个小碗，从干粮袋里捏了一把炒面放在碗里，又拧开水壶的盖子把水倒进碗里，开始用手指头搅拌面糊。那个男婴吃得小嘴吧嗒吧嗒响。猛然，他听到窝棚里有沙沙的动静，扒开看里面有个大闺女。那闺女已经吓得直哆嗦。二猛心想又是个逃难的人就别打扰她了，正想离去，那闺女却问道："你是二猛哥吗？"

"你怎么认识我？"

"我是春妮呀！"

"春妮，你怎么会在这里？"

"庄子被鬼子烧了，死的死，逃的逃。"

原来他俩是一个庄的，还是对门呢！两个人本来哥呀妹呀的很热乎，按照风俗由媒人牵线两人订了婚。就在他们将要圆房的那一天，鬼子抓扫荡逼近了。全村百姓背井离乡。二猛投奔了八

29

路军。

漆黑的夜，寒风瑟瑟。窝棚里二猛和春妮的情愫燃烧了，融化了。在荒野中他俩圆了房，他们的心脏紧贴在大地上，一种顽强的生命力与大地合二为一。

男婴委托给春妮了，二猛留下了干粮袋。临别，二猛说："等着我。"

春妮道："我等你。"

二猛在离02高地很远的地方就听到一阵紧似一阵的枪声，他判断班长他们与鬼子接上火了。枪声就是命令，于是，便加快了步伐。他悄悄地接近战场，发现几十名鬼子在一挺重机枪的掩护下正向02高地攻去。机枪压住了班长他们的火力，情况十分危急。二猛爬到一棵树杈上，观察了前方的阵势，他发现三个鬼子和一挺重机枪孤立的处在石块垒砌的掩体后面，离他仅有三十几米的地方，其他的鬼子在前面攻打高地，再观察一下四周并没有发现鬼子的布防。二猛当机立断，一个手榴弹炸飞了三个鬼子的机枪手。在烟火的掩护下，他迅速扑向那挺重机枪，一只手拖着子弹，一只手紧扣扳机，一腔怒火射向前方的鬼子，子弹穿过鬼子的屁股，进入心脏。与此同时，班长他们的火力也抬起了头，前后夹击，打得鬼子嗷嗷叫，无一生还。二猛立大功了。

二猛转战南北，屡立战功，他多么希望那些喜报能送到春妮手上。他心里始终挂念着春妮，他盼望着有一天能与春妮建个家。

新中国诞生了，二猛转业到了地方政府。他回到家乡找过春妮多次，也通过当地政府查找她的下落，却杳无音讯。当年日本鬼子的一把火烧了春妮家的房子，她的爹娘也葬送在火海中，二猛的哥哥和春妮弟弟惨死在鬼子的刺刀下，幸好那天春妮在山里拾柴禾才捡了条命，可她究竟流落在何方，二猛不死心啊！这些年来有熟人多次给他介绍对象，他都不入心婉言谢绝了。

这年他被任命一方父母官，刚一上任便赶上汛期，黄河上游连降大雨，河水暴涨，沿河都动员起来投入抗洪抢险。二猛所在的县区处在黄河拐弯的地方，河水不断地冲击对于河堤的承受力是个严峻的考验。全县的防汛物资和精良大军都集中于此处，打桩的、运石的、装草袋的……人们不分昼夜轮番上阵。

滂沱大雨不停地浇来，好像在较劲，考验人们的决心和毅力。此刻二猛在防汛工地上，扛木头，搬石头，小时候他经历过黄河决堤，那种惨象历历在目，他不能让悲剧重演，他不能输了这一仗。

二猛打发身边的秘书去装草袋子，自己扛了根木桩到了河堤上，正要递给打桩的小伙子，一只脚已经陷进了一个泥窝子里拔不出来了。打桩的小伙子骂了一声："他娘的，你磨蹭个甚！"

二猛把木桩续给那小伙子后，坐在泥里用双手往外提那只下陷的脚。

一根桩子打进去，眼看着岸边那个人还坐在那里朝着一只脚较劲，小伙子跑过来看个究竟。他伸过手去，被挡了回来。这一挡却激发了小伙子的犟劲了，他拦腰抱着二猛使劲一提，又往旁边一甩，二猛在地上打了个滚，又爬过来指着泥窝子说："脚！"

这时候小伙子才发现陷在泥窝里的是个假肢，他十分懊恼刚才的冒失。

小伙子把二猛背到一个帐篷里："娘！"

这帐篷是临时卫生所，小伙子他娘是这里负责人。她赶紧处置了二猛残疾下肢的血迹。二猛："谢谢！"

小伙子他娘听到了乡音，便仔细打量二猛。二猛好像觉得她面熟。几乎在同时两个人喊出了："你是二猛？"

"你是春妮？"

两个相恋的人团圆了。

春妮别了二猛后，带着婴儿找到她姨妈家，在那里她走上了抗日队伍。她的儿子就是当年二猛托付的那个婴儿，如今已长成堂堂正正的汉子。

春妮低头包扎着二猛的腿，眼泪滴在纱布上。二猛双手抓住她的手，激动地感叹："终于找到你了！"

窗恋

林立的住宅高楼把市民居室凝聚得更密集，把城市形象塑造得更高大。

阿敏居室二十层，透过窗户向户外看去，到处都是窗户，几乎是窗户的阅兵式。久而久之，阿敏有了欣赏窗户的爱好，她其实不是在观摩窗户的结构和形状，而是揣度窗户里面的人家，琢磨他们从事什么职业，什么年龄，家里有几口人，等等。她虽然早就进入青春期了，但童年的那种天真烂漫依然流淌在她的思绪长河中，她如同孩童过家家一般，为对面窗户里的每一家都编撰了一个故事，甚至有的屋子压根还没住进人家，她也对未来者作出各种遐想。大学刚刚毕业，正忙着找工作，转悠了一天，唯一的消遣就是看对面的窗户，编撰各种故事，在这些故事里她自我陶醉，自娱自乐。

这天早晨阿敏照旧拉开窗帘，打眼扫视着对面楼房的窗户，好像在检阅自己的部队一样，有几分傲气，又有几分亲昵。突然，她的目光停留在正对面一户人家的窗户上。那是一排封闭的凉台上的窗户，在这之前那窗户黑糊糊的，显然屋子里空荡荡的没有住人。可今天透过窗户一簇簇五颜六色的花卉格外夺目，显然这是一户新来的人家。于是她又开始给这户人家编故事，可不知道为什么，她的思维好像那些鲜艳的花卉一样光彩四射，怎么也拢不到一条思路上，竟然闪现不出一个故事来，好像照相机快门失灵了一样。这在以往是从未出现过的，她有些沮丧，转念又想或许这是一个长篇故事，开头会有一番周折。

阿敏坐在公交车里几乎要睡着了，她加入了应聘大军，跑了好几个单位，没一个有准头，精神和身体都疲惫了。

汽车停了一站，上来个胖乎乎，福态态的老妇人，只见她手里提溜个小保温桶，慈善的目光里透着倦意。阿敏赶紧起身让座。

老妇人："谢谢！"

阿敏："不客气！"

阿敏靠在老妇人的座位旁，脑子里在琢磨下午应聘时那个部门年轻的经理给她的结论式的谈话，说她虽然专业理论基础不错，可缺乏实践经验。这话虽是实话，可她觉得也是废话，刚出校门哪来的实践经验！她虽然心里不高兴，可这位经理文质彬彬的气度却吸引着她的眼球。此刻，想起他心里美滋滋的，脸上热辣辣的。

汽车在大雨中停在终点站。

阿敏迈出车门，撑起雨伞，回头看那老妇人在车门口迟疑着。阿敏伸过一只手扶了她一把，老妇人下了车，钻到阿敏的雨伞下面。两个人高一脚低一脚地向小区走去。

当阿敏知道老妇人的住址后，十分惊喜，她就是住于阿敏家窗户正对面的那一家，她是那五颜六色的花卉的主人。

阿敏把老妇人送到楼道里，她乘上电梯，一再谢阿敏，并嘱咐她有空到家里玩。

阿敏吃吃地笑。

第二天一大早，阿敏要赶着到一家医院应聘行管。她正在候车，见昨天那位老妇人走过来了。突然，老妇人脚底下打滑摔倒在地，手里提溜的小保温桶摔掉了盖子，两个鸡蛋滚出去老远，冒着热气的稀粥从桶里流出。阿敏扶起老妇人，虽然她浑身泥水，但没受伤。当阿敏得知老妇人要去医院为老伴送早餐后，她说："你回家洗洗吧，我正好要去那家医院，你老伴的早餐我帮你解决。"

阿敏上了汽车。

老妇人站在那里打开了思绪的闸门。老两口三个儿子，两个在国外，小儿三十出头了还没成家，要是有这么一个儿媳妇该有多好啊！

阿敏托着一盘丰盛的早餐，轻轻地推开病房门。

进了门还没等她自我介绍，躺在病床上的老伯就笑着说："谢谢你！刚才我老伴来电话了。"

这时候，又进来一个人，阿敏回头看，那人竟然是说她缺乏实践经验的那个部门经理，两个人都愣住了。他是老伯的小儿子，每天都按时来医院一趟。今天，老伯要出院，他是来办理出院手续的。

老伯的小儿子冲阿敏微微点了一下头，目光送出感激和友善。阿敏莞尔一笑。

临别，老伯的小儿子邀请阿敏到家里参加父亲的生日晚宴。阿敏欣然接受。

阿敏回到家，面对正对面的窗户开始编撰故事，不过她自己也成了这个故事里的一个角色，还是个重要的角色。

重组

新婚时两个人经济上不宽裕就请木工把一些分散的旧家具解体，重组成一个连体的大衣橱。衣橱的样式在当时是最时尚的，多少年来房子越住越大，家庭实用物件不断更新，唯独这衣橱依然摆放在卧室中。在他俩心目中这是爱情的见证，它像一块丰碑，镌刻着他们的爱情日志。

他们两个同在一个车间上班，男的叫王勇，是个钳工。女的名吴燕，是材料员。两个人天天见面，时间长了，彼此熟悉了，年龄大了，初恋开始了。他请她看了一次电影，她请他吃了一碗馄饨，一个烧饼，两个人就牵手了。那时候有一种习俗，虽然是自由恋爱，可对外公开时还要说是经某某人介绍，这样好像有面子。车间主任是个德高望重的老热心，担当了他俩的介绍人，并且为他俩主持了婚礼。同事们送床单的，送毛巾被的，送暖壶的、送电饭锅的，都贴着大红喜字。新娘子捧着喜糖在车间分发，到了她称为师哥的面前，遭到了拒收。这个人也是个钳工，名叫刘阳，他一直暗恋着吴燕，因为羞于启齿错过了良缘，心中郁闷。

不久，吴燕调到幼儿园上班，在那里发挥了她唱歌跳舞的优势，刘阳主动报名支边去了。

时间荏苒，王勇与吴燕都退休了，按说这应该是第二个青春期，丰富多彩的生活会让他们过得更幸福。可他俩却越过越乏味，越过越郁闷。王勇常常与工友酗酒，整天酒醺醺的，有时候夜不归宿。两个人便开始吵架，一日一小吵，三日一大吵。后来女儿大学毕业回来了，两个人都收敛了，不吵了，开始冷战。知情的人说他俩患了休闲官能症，无忧无虑，无牵无挂，闲出毛病来了。吴燕觉得有道理便进了老年大学，专修声乐。没想到在同班遇上了当年的师哥刘阳。刘阳退休后返回故里，他现在能唱歌会器乐，两个人合作得如鱼得水，常常参加社区演出，小有名气。

吴燕不再与王勇吵了，她已经萌生了解体重组的念头，她与师哥在音乐里找到了和谐，要同师哥去过精彩潇洒的后半生。他的师哥是独身，小他二十几岁的妻子早就跟了别人，他无儿无女，就盼着有个伴。

王勇是个拿得起放得下的人，吴燕提出协议离婚，他爽快地同意了，提出的唯一条件是女儿女婿已经登记了，等他们举行了结婚仪式后再离。

他们唯一的女儿从小就表现得独立性很强，对象是自己找的，要模样有模样，要学问有学问。

分手那天王勇和吴燕在平淡冷静中，目送着那件组合家具被收购旧家具的人拉走了。

过了半年，吴燕与刘阳来到结婚登记处，在这里碰到了王勇笑逐颜开的挽着年轻靓丽的新娘子。四个人正在为对方恭喜时，吴燕看见女儿与一个陌生的男子站在她的后面："你来干什么？"

女儿平静地回答："重组。"

猝

夜半，高芬回到家，一份离婚协议书甩到丈夫的面前。正在喝闷酒的丈夫抓起酒瓶子就往高芬头上打。此时的高芬头上缠着纱布，双目怒视着他，显露了一种弱者的忍无可忍。就在几个小时前丈夫已经暴打了她一次。突然，丈夫举在空中的瓶子落在他自己的头上，旋即一个趔趄他结结实实地摔在地上。高芬起初以为他在表演节目，以唤起她的同情，可观察了一会觉得不对劲，躬身伸手去触摸他的鼻子，发现没有了气息。这可怎么办，她慌了神。慌乱中她拨通了被丈夫骂作第三者的那个男人的电话。他陪她到医院里进行了包扎后送她到家门口，刚躺在床上就听到高芬救急的电话。他顾不得安抚她，命令式的口吻叫她赶快拨120急救中心的电话。正是这个电话挽回了丈夫的生命。

凌晨，听着躺在病床上的丈夫均匀的呼吸声，高芬深深地叹息了一声，泪水顺着眼角流下。他们之间的恋情之所以发生裂变，没有什么离奇的原因，完全是俗套的东西，或者说是世俗的风景。他们本来是一对十分般配的夫妻，无论是学历、家庭背景、相貌都很契合。丈夫创办的公司顺风顺水，兴隆发达，他天生就是块经商的坯子，乐此不疲地投入，潜心商战、投机取巧、运筹牟利。他常年重复着一个定式，一种逻辑，斡旋商海，竭尽全力，热了商务，冷了妻子，在家里共进餐，同枕眠对于妻子都是一种奢望。高芬曾经争取过，她告诫丈夫不要把物欲作为恋人，不要成为物欲的奴隶。寂寞的高芬身心患了一种饥饿症，这饥饿症蜕变成烈焰，它跳动着，旋转着进了舞池，在那里它燃烧了一根干柴。一个年长的男人被撞出了火花。这男人是个独身，他的彬彬举止吸引了她。起初她在音乐的旋律中享受翩翩起舞的愉悦，慢慢的她觉得他诙谐幽默的谈吐很温馨。俩人的感情在不知不觉中达到了一种默契胶合。有一天一种原始的、本能的萌动，开启了一扇闸门。那老男人的肢体倾其所能给予她些许的慰藉，让她感激涕零。她心里忽然间出现了两个拳击手，一个怀着报复的心态在击打丈夫，谁让你冷漠我，无视我！另一个在击打自己，你背叛，你无耻！此时她觉得有一种负罪感，心里默默地忏悔着。就是在这种矛盾的心态中她燃烧着自己。

终于有一天丈夫发现了她的婚外情。那天正赶上丈夫贻误了一个重大的商机，心情郁闷，回到家里他痛打了她，把一腔的愤懑浇注在她身上。

丈夫醒过来后，同意协议离婚，尽管他意识到妻子的出轨有自己的责任，但他为了男人的尊严并没有对妻子说半个字。

高芬去找那个年长的男人，只见他家门外摆满了花圈，他辞世了。就在夜半接到高芬那个求助电话后，他觉得人命关天的事，怕高芬经受不了，必须帮她一把，于是便起身冒着寒风向她家冲去，半路上猝死了。

高芬似乎走进一片空白地，麻麻的，木木的，讷讷的，离婚协议书在手中颤抖。

退婚

大刘庄靠着个光光秃秃的山，穷得叮当响，常年吃政府救济，男人娶不上媳妇，本庄的女孩穷怕了都往外庄嫁了。这里是远近出了名的光棍庄，人们戏称计划生育先进集体。这两年治山造林，靠果树把日子过滋润了，各家的爹娘为儿子找媳妇的底气也足了。

刘有福家的儿子高中毕业，长得挺精神的。他娘托人给他物色了一个媳妇。这媳妇是小王庄王有财家的女儿，年方十八，模样水灵灵的。

经媒人撮合，刘有福与王有财两家喜结姻缘。刘家对这桩喜事格外重视，有福心里话娶个媳妇是自家的，可这声誉却是全庄的。的确这是大刘庄多年来第一桩喜事，它好像是春风吹破了寒冰，给全庄带来了温暖的潮流；它就是一面旗帜让光棍们看到希望的曙光。全庄人见了有福，都拱手道喜。

订婚后不到三个月，王有财把订婚的礼金、礼品原封不动送回来了。理由很简单，闺女跑了。眼看成婚的日子快到了，老实本分的有财怕留下骗婚的骂名，先下手退婚了。

刘有福起初不信，就托人到小王庄探个究竟。原来，有财的闺女真的跑了，据说是跟着一个回乡休养的老干部跑了。

郁闷的有福，原来还以榜样自居，认为他带了个好头，脸面上光光彩彩的，没想到让人家搞了个烧鸡大蹀脖。

庄子里有人开始说闲话了："八十老头娶二十娇妻，这在城里不稀罕。""都是钱闹的，人家的彩礼是楼房、轿车，咱乡下人怎么能比！"

这话传到小王庄，人们开始鄙视王有财了。

王有财心里明白，那城里来的老干部无依无靠，闺女帮他担水做饭纯粹是出于同情。日子一长，人们添油加醋的传言让他的心里也敲起了小鼓，莫非……

刘有福的儿子觉得在庄上挂不住脸了，也离家进城了。临走他对有福发誓不在城里找个媳妇不进家门。这话像一纸宣言，贴在全庄人的心坎里。

有福的儿子在城里做过送水工，干过洗车的活，后来学了烹饪，掌握了一门求生的手艺。

过了一年多，有福的儿子要在城里结婚了，他回家请家里人进城参加婚礼。惊得四邻不轻快，问起新娘是谁，有福骄傲地说，超过小王庄的那一个。其实他也蒙在鼓里，儿子说要给他个意外的惊喜。

婚礼这天，在一个酒店里，刘有福遇到了王有财，两个人大眼瞪小眼。这时候有财的女儿挽着有福儿子的胳膊走过来，他们喜结连理，仰着甜甜蜜蜜的笑脸来拜见长辈。有福和有财笑逐颜开。

那时候有财的女儿在医院里侍候老干部，有福的儿子感冒发烧到医院看病，在走廊里两个人不期而遇。

有财的女儿那年因老干部旧病复发，她要随他进城，怕家里反对，所以不辞而别。

老干部出院后，扶持他俩办了个"乡村"餐馆，在经营中他们产生了爱情。

兵哥哥

筱妹仙林醉凝媚，

垂首湖影红霞飞，

鸿雁传书正三载，

兵哥相约边陲归。

初恋故地景色美，

互诉衷肠心相随，

来年春季月圆时，

谈婚论嫁花为媒。

柳筱筱打开日记，一首小诗勾起了往事的回忆。

筱筱在外地读大学，毕业那年，为找工作她东奔西跑，毫无眉目，焦头烂额。

一天她突然想起儿时常去的仙林岛。

蓝天清水，绿柳红荷，轻风微澜，小舟渔歌，这里真是放松心情的好地方。

她忽然发现一个身着白衬衣的男子坐在湖边的小石头上，正在用心作画。走近看，那画中绿油油的荷叶，托着含苞欲放的荷花，荷花吐红粉嫩嫩的。在荷叶上一只小翠鸟正在与一只青蛙聊天。这不正是当年她的邻家男孩编的那个童话吗？那童话说的是小鸟羡慕青蛙能在水中游荡，而青蛙却喜欢小鸟在空中飞翔。

筱筱由衷地感叹："这画的主题好熟悉呀！"

那男子回头看了一眼。几乎在同时他俩欢呼："原来是你！"

那个男孩正是当年她的邻居。只是因为城市改造，搬迁各一方，彼此都转学各不相见了。

他是一名边防战士，回家探亲也来到这个童话般的世界。

他们走在石板地上，好像时光在倒流，那一块块小石板拼成的图案里仿佛镌刻着一个个童话，走一步好像蝉在鸣唱，它想成为歌唱家的努力至今不辍，再走一步好似鱼儿在水中跳跃，鲤鱼跳龙门的传说依然水花飞溅……

两个人就在这仙林岛开始了初恋，她开始喊他兵哥哥。

之后，书信传情，往来频繁。

四年后，他们决定给爱建个家，在初恋地举办婚礼。

然而，他的兵哥哥失约了，无论用何种手段都找不到他的踪迹。

筱筱合上日记，却合不上那段纯洁的情意。几年来，她的心里一直惦念着他。

仙林岛上游人嬉戏。突然，一个小女孩嚷嚷着："老师，你快来看，这个叔叔画的小鸟和青蛙真好玩。"

筱筱领着一群小学生蜂拥而来。

只见一个男人坐在一辆轮椅上在画画。

筱筱泪流满面，他就是她寻寻觅觅的兵哥哥。

那年边防发生了雪崩。

如今，他编撰的童话集，即将出版。他正在为集子绘制插图。

真 情

远处天边的火烧云渐隐，白日把接力棒传递给夜晚，墨色蒙蔽了视线。

陶冶斜靠在沙发上环视着客厅。此刻她无心欣赏精美的装修，明天就要离开这里，心境纷乱，依恋不舍。一年前，丈夫亲自设计，亲自选料，精心挑选了一家装修公司，整整忙活了一个多月才把三室两厅的家修饰得别致典雅。那些结构着的形体和镶嵌着的饰物让她最直接地感受到丈夫的才华和他对于生活的热爱。他们是在一个舞会上认识的。那是一次婚介机构举办的相亲舞会，舞伴名叫大可，是建筑设计师，一表人才。陶冶相貌出众，两个人一见钟情，彼此陶醉，相互欣赏，没有经历马拉松，甚至连千米大关都没过就直接进入百米冲刺。彼此都有一种想尽快把爱抓到手的欲望，于是闪电伴着雷鸣来了。当亲朋好友用疑问的口气问她对于他们的"闪婚"有信心吗？陶冶觉得她的选择是正确的，她愿意把最真挚的情感寄托给他，不过她也认为彼此缺少爱的磨合，缺少浪漫的积淀，缺少厚实的基础，因此，她尽量与丈夫在日常生活中拨动情感奏鸣曲，把舞厅、剧院、观光游览当做琴弦，演绎着一首首欢快的乐曲，尽量让彼此的心律合拍，情趣协调。

日子过得飞快。转眼一年多了。陶冶怎么也不会想到她与丈夫的感情会走进死胡同，到了决裂的时刻。明天，当太阳升起的时候，他们的感情就将跌入黑暗的深谷。离婚协议书经过公证，会成为一把犀利的刀将把他们割裂开。说实在的此刻她真不甘心！是她提出的离婚，她意识到丈夫的感情似乎流失了，在逐渐形成的以她为中心的主旋律中拨动出不和谐的杂音，冲动与偏执组结在一起使她偏蹇的性格越发走向极端。

是夜，陶冶的手机响了，起初她不想接，可那电话似乎越响调门越高。电话是一个女人打来的，听声音嫩声嫩气："你是陶姐吗？大可哥被汽车撞了，在五一广场东南角处。快来！"

陶冶觉得声音不陌生，但一时又猜不透是谁。正要回话，对方的电话已经挂了。

陶冶急匆匆来到事发地，但并没有大可的踪影。她灵机一动直接奔广场附近的一家医院。果然，大可躺在急救室里，大夫说休克了，正在抢救。

陶冶忐忑不安，泪水洗面，不停地在走廊里徘徊。

　　这时候从楼上走下一个年轻俊俏的女孩，她却生生地叫了声"陶姐！刚才的电话是我打的。"

　　陶冶认出她是那个送奶工，每天清晨往她家的奶箱里送两袋牛奶。

　　她从衣兜里掏出一叠纸条递给陶冶。原来那是一张张借条。她告诉陶冶，她妈妈就在这所医院住院，是大可哥救了她妈妈，每次的住院费都有借条，每次给他借条大可哥就是不要。妈妈要出院了，最后医疗费都是他付的。"回家时我看他精神恍惚就送了他一程，没想到被一辆汽车撞了。"

　　"大可哥是天底下最好的人，就因为有一次你出差在外，我去你家收奶费，见他发高烧，打的把他送进医院后，伺候了几天，他就像是报恩似的对待我。"姑娘说着抽泣着。

　　陶冶是个经济律师，有一度为了调查一个大经济案件她频繁到外地出差，而丈夫正好接了一个市政标志性建筑的设计任务，两个人不能相互顾及。丈夫住院的事她压根不知道，丈夫也从不解释什么，或许他认为没有什么可解释的，有些事不说比说了好，说了可能会引起误会，让对方把白的误解成黑的，他始终觉得妻子是个开朗豁达的人，不会钻牛角尖。然而妻子钻了牛角尖，敏锐细腻的第六感觉左右了她的思路趋向。她本想买一辆喜爱的轿车，发现存折上的银两少了许多，银两与女人在思绪中交合在一起形成一个球体，踢在丈夫面前，丈夫搪塞的态度让她失望愤懑。于是往日欢畅舒心的乐曲琴声消失了，苦涩代替了甜蜜，吵吵闹闹与漠视冷战的变奏曲伤害着彼此的情感。

　　陶冶哭出声来了，她与送奶工抱在一起哭的心碎胆裂。

　　急救室的门开了，出来一个护士："谁是陶冶？"

　　陶冶点点头。

　　"进来吧，他在呼唤你的名字。"

鳏夫门前是非多

啪！啪！啪！

深夜，一阵急促的敲门声把大王庄的王富贵从梦中惊醒。王富贵是个鳏夫，妻子两年前病逝后他便去省城打工，前两天刚进家门，他回家的目的很明确，找几个身强力壮的小伙子和能吃苦的大姑娘到自己的家政公司打工。谁会夜半砸门，莫非有来投奔的？

他披上衣服，提着裤子跑到大门口问："干啥？"

门外回答："王大哥，我们是小刘庄的，有点急事。"

门开了，进来两个男人，手电筒在院子里照了个遍，像是在查找什么。

两个人执意要进屋看看。在堂屋坐定，其中一个五大三粗的男人开了腔："不瞒你说，我这兄弟老实巴交，他媳妇整天想入非非，这不，昨天跑了，说是手机上收到一条狗娘的短信后，就不见人影了。为了找她，附近几个庄的单身男人家都寻了个遍，今晚打扰你了，受惊了，对不住！"

听到此话王富贵心里才放了点亮，面部表情也松弛了些，他开始端起老板的架子，想震慑住不速之客。他粗声瓮气地说："深更半夜，私闯民宅，就不怕违法！"

"王哥你有所不知，这法子还真灵。"五大三粗的男子点了支烟后，讲了前几天在孙庄发生的一件风流事。

孙庄有个黄花姑娘，年方十九，已与李庄的小伙订婚。突然，失踪十几天，家里起初以为到婆家去了，后来婆家来人走动才发现大事不好。于是就在全庄的鳏夫中夜查，竟然堵在一个六十多岁还乡的退休工人的被窝里。这姑娘也忒下贱，居然是送上门去的。

西屋敞着门，开着灯，一目了然，可东屋的门紧闭着，那两个人的眼睛死死地盯着房门，看样子是非进去看看不可。王富贵较着劲就是不理这茬。双方僵持了好一阵子。

突然，门开了，走出来一个女人。只见她烫着披肩发，戴个大眼镜，穿着挺华丽。王富贵跷着二郎腿说："这是公司的会计。"

女会计看了一眼俩男人，便建议他俩到公司打工，说不定在城里能碰到那个出走的女人。

那两个男人觉得有道理，答应回家考虑考虑，便起身告辞了。

出了门他们俩就开始嘀咕："人家的女人什么成色，你老婆不配。"

"我老婆修理修理能比她强！"

"我怎么看她面熟？"

"我也是。"

"你觉得她像老马家庄马三他老婆吗？"

"就今晚刚去过的那一家？看脸面有点像照片上的那个女人，不过人家在上海打工，怎么可能？"

"听口音是本地人。"两个人异口同声。

说起来马三胡子拉碴挺爷们，实际上娘娘们们的，他把老婆放出去，自己在家里种地养猪侍候孩子。据说他惧怕老婆。

第二天，马三来到王富贵家门前，不过他没进门，只是在周边溜达。

贤妻

小郑都三十出头了，可那娃娃脸上镶嵌笑容，显得格外年少。他家有贤妻侍候着小日子过得还真舒坦，小儿子是爷爷奶奶的掌上明珠，捧在手里，含在嘴里。

小郑在单位工作量不大，空闲的脑子就琢磨点事，终于添了一个爱好，迷上了围棋。置办了棋具，找来棋谱，一个人在家里练。他妻子在一旁看着他发笑，笑他自己跟自己下棋怪好玩的。她听说过学围棋对于开发智力，修身养性很有补益，是一项高雅的爱好，所以她很赞赏支持丈夫，有时候下班路过书店还会买回一两本围棋书籍来。她也曾在丈夫的指点下帮着打棋谱，有一度她几乎也有点着迷，不过她做"陪练"更多的是愿意与丈夫贴近，每当这个时候她的心里热乎乎的，美滋滋的。

后来，小郑觉得有长进了，他开始请棋友来家里下棋了。第一个棋友外号"烟囱"，下起棋来嘴里叼着的香烟从不断火，小客厅里烟雾缭绕，有时候呛得他嗓子眼发痒。小郑说他使用烟雾弹，棋外招数。妻子沏茶倒水侍候局子总是笑脸相待。第二个棋友雅号"哼哼"，一旦局面对他有利，或者下出一手好棋，他总会手舞足蹈，哼哼呀呀地东一句西一句胡唱乱喊。这都是些棋外功夫，还自嘲要想功夫深，妙招在棋外。小刘的妻子悟出了一个道理，这些棋手纯是在围棋中找个乐子。她有时候也被他们逗得乐不可支。日子长了，来的棋友多了，都受过小郑妻子的款待，都夸她贤惠、宽容、温柔。

家中的房子已经容纳不下众多的棋友了。他们把棋局迁移到一个级别最高的科长棋友的办公室里。吃过晚饭，小郑把碗筷一推，骑上电驴子就消失在夜色中。起初，妻子心里淡淡的，空空的，像是丢失了什么，有几分忧伤。

无论小郑回来的多晚，妻子总是默默地等待他，有时候他饿了，还会做个夜宵。

就这样两年过去了，小郑的棋瘾有增无减。这一天，他听说报纸上刊登了中、日、韩三国围棋赛的棋谱，就跑到报摊翻报纸。猛然，他发现一个晚报上的一幅照片，他很惊愕，怎么会呢？他拿着晚报急匆匆地往家里奔。还没进家门就有邻居老太太说他妻子得了急病已经送进市里医院了。

推开妻子的病房门，眼见一个陌生的男人正在用汤匙往妻子嘴里送饭。那男人正是小郑手里那份晚报"业余生活"栏目里，一幅照片中与妻子共舞的男人。

顿时，小郑百感交集眼泪夺眶而出，对于妻子的歉疚与被妻子略而不及的情绪纽结在一起撞击着他的心扉，他站在那里不知所措。忽然，手机响了，是"哼哼"打来的："今晚的名次赛按时到啊！我要好好修理你，报仇雪恨！"

相女婿

老齐要去超市采购，女儿的男友今天要到家里做客。

他急急火火挤进了公交车，车上人满为患。他刚刚站稳脚，就有一个小伙子挤身而过。最近，老齐形成了一种习惯，就是爱琢磨小伙子，大概是女儿当嫁的缘故。这时候他就开始琢磨刚过去的那个小伙子了，论个头不低，看五官端正，说气质不俗，谁家姑娘要是找这么个小伙……正琢磨着就觉得有人在他的后背上轻轻地拍打了一下，回头看那个小伙子冲着他微笑着说："大爷，这里有个座。"

老齐激动得伸出大拇指。

老齐两口子属于晚婚晚育，对独生女儿从小捧着宠着，不过女儿并没有让人操多少心，从小学到大学一路绿灯，毕业后顺利迈进白领阶层，如今找对象也是自我物色，不用家长操心。女儿的心扉对爸妈是敞开着的，她常常把她与男友的交往讲给老齐两口子听，有的时候像讲故事一样绘声绘色，称赞他的博学、睿智和帅气。看得出她是从心里喜欢和欣赏那个白领男友。交往了一段时日后，女儿决定把男友正式向爸妈引见。汽车悠悠，思绪悠悠，老齐看了一眼身旁的小伙子，心想我未来的女婿能有这样好的德行吗？

往日超市采购都是老伴的事，今天老伴在家里操刀掌勺，又是蒸又是炸，让老齐采购是为了锦上添花。

老齐"照图索骥"，按谱采购，转了大半个超市总算购买齐备，可累得腰酸腿疼，眼看他快挪到交款长蛇阵的阵首，猛然想起老伴口头交代的女儿的男友爱吃辣，要买一瓶某品牌的辣酱。于是跟他身后的一个中年男人打了个招呼，便又返回食品购买区。当他再次来到买单长蛇阵前，那位中年男子早就离开了，无人证明他曾排在队伍的前面，他心里犯急恐怕回家晚了误了事，就想厚着脸皮加塞，再看看队伍前面是个面目清秀，气质高雅的小青年，估计他不会跟一个老年人计较的，于是强挤在前面正准备将物品拿到输送带上时，身后小伙子一把把他拽到了一边，还说他违背公共规则。要是换了别人或许睁一只眼闭一只眼就过去了，可那青年好像自我意识很强，而老齐又是个爱较劲的人，针尖对麦芒，这一老一少你一言我一语，话赶话就争吵起来。老齐气愤地说："我是排过队的！"

"谁能证明？不要为老不尊！"

老齐面红耳赤，在众人面前下不来台。

回到家里老齐气还未消，又给老伴絮叨："看他文质彬彬的，一张知书达理的脸面，却不懂得尊老敬先。"

老伴尽是些安抚的话："生气伤身，消消气，你老眼昏花，没准那小青年就排在你前面。"

正说着，门铃响了，女儿探进来一个笑脸，紧跟着一个小伙子手里拿着鼓鼓囊囊的袋子进来了。

顿时，老齐和那小伙子都愣住了，像两个木讷的雕塑。原来他们俩都在超市里犯了一回傻。

儿 子

老刘的那一半早就撒手去了，他一个人既做爹又当娘，把独生子拉扯大。儿子也出息，研究生毕业后找到一份好工作，最近，买了新居正筹备结婚。

老刘自从儿子到外地读书后，生活的热情突然由高八度跌到低八度，变奏曲的调门把他带入一个迷惘的境遇，找不到兴奋点，看不到愉悦的路，整日懒懒散散的，那些本来已经陈旧的家具与他低落的情绪很配合，很协调，变得脏兮兮的，有的因为失修变得格外娇气，动一下就吱吱呀呀地叫。

儿子为了改变他的心理和生活状态，曾多次劝他处理掉旧家具，重新装修房子，焕发出生活的激情，都被拒绝。

儿子整日为老爸犯愁。一天未婚的媳妇拿来一张火车票，说："让老爸出门散散心，到风景区旅游去吧！"

老爸随旅游团去南国一个风景区，名山大川的气韵让他心旷神怡。这是他有生以来第一次出远门，过去除了上班就是围着儿子转，跑菜场，进超市，想着法改善生活，增加营养。最大的乐事是看着灯光笼罩中俯首学习的儿子，他会编织出一个个未来的奇想。儿子就是他的希望，他青年时期的梦想都寄托给了儿子。

人在画中行，处处笑语声。老刘得到好几个寡妇婆的青睐，她们主动与他搭讪，这时候他才知道所随的是夕阳红婚介旅游团。他还真相中了一个性情开朗的寡妇，两个人谈得挺对脾气，都有一种相见恨晚的感觉，彼此留了通讯地址和联络方式，约好了经常见见。

在一抹夕阳中老刘精神抖擞地唱起了情歌。那情歌伴着山涧弯弯的小溪哗哗啦啦地流向远方。

旅游归来了，老刘打开家门，一只脚迈进门槛，惊得他赶紧退出来，以为是走错了门，看看门口的特征，这才确定无误。家中焕然一新，新装修，新家具，恰似新婚房。顿时，一股暖流在他心中涌动。

男　友

高娜与王曦是经人介绍才认识的。高娜是个外在靓丽，内在睿智的女孩，她眼光很高，人们给她介绍的男人有一打，可她就相中了王曦。她不仅欣赏王曦的男子汉气质，更被他的才华所打动，尤其是他对于诸多中外小说和诗歌的讲述和诠释让她着了迷。很多文章她也曾浏览过，可经他一讲绘声绘色，精彩纷呈，内心感觉格外愉悦。他们的爱情开了个好头，这个开头的格调很高雅，充满着浪漫色彩。

高娜在一个女人窝里上班，她办公室有四个女人，是公司出了名的四朵金花。按照年龄排大花与公司副总相恋，虽说副总年长她二十几岁，又是个二手货，可人家的身价高，条件好。他们的爱就镶嵌在她的手指上，名贵的钻戒光怪陆离。二花投入了一个富二代的怀抱，想要的应有尽有，他们的爱凝结在她的坐骑上，名牌轿车令人咂舌。三花结识了一个海归派，是个"潜力股"，虽说个子不高，又是个秃顶，可她看到了那顶端放射的是财宝和幸福。高娜排行四花，她的男友要身价、财富都不能与她们相提并论。他只是一个一个极其普通的小白领，又是个农哥们出身。那三朵金花在她面前虽然有说有笑，可骨子里透出的气质，让她觉得有一种压抑感。

随着不断的交往，高娜逐渐从那些理想的境界转向实际生活，她发现王曦在花销上很小气，特抠门。她思忖他的收入不菲，又是个无牵无挂的孤儿，为什么出手那么吝啬，是在积蓄，还是在投资，百思不得其解。他们一起出去玩他从未带她到过一家正儿八经的餐馆，常常去那些小门头，或者小地摊。她也曾多次提出她埋单请他吃，他都不同意。本来她的同事们常常在她面前显摆男友们的阔绰和大方，或者描述亲临某大酒店、大宾馆的感受，或者展示那些昂贵闪亮的首饰。这一些高娜都不期盼，她并不希望爱情的基调里有那么多奢侈作为装饰，但也不愿意过于寒酸，过于斤斤计较。特别是最近一次他俩在一个马路拐角的小地摊上用餐时，她的同事二花和那个富二代恋人正巧路过，二花差一点让她坐着的小板凳绊倒，那尴尬劲儿真让她无地自容。

高娜觉得办公室的姐妹们看她的目光里含有了一种疑问和轻蔑，你选择了个怎样的男人？

高娜与王曦的关系疏远了。高娜不再主动找王曦，她希望冷却了那段感情。

忽然有一天，电视台报道了一则消息，说王曦资助的二十名贫困学生，今年都考取了大学，他们联名公开向这位恩人致谢。看着镜头里谦和的王曦，高娜泪流满面。

喜盈门

顺余里是住着几十户人家的一个大胡同，随着城市的发展这里近期要拆迁了。看来要各奔东西了，人们正忙着寻觅新居。

淑贞拨通了文轩的手机，她与他商量报喜之事过几天再说，她妈妈今天约了她去看新房子。文轩同意了，因为他爸爸也约他去寻新居。所谓报喜就是要向家长告知他们要结婚。他俩住对门，从小一起长大，可谓青梅竹马，恋爱之情萌生在胡同里，在日月轮回中不知不觉酿就的。

　　一排排整齐的崭新的楼房让淑贞眼花缭乱，她转了几个来回竟然没有找到那莲花楼座，正在低头细查楼图，忽听有人喊她，抬头看居然是文轩。他也是来找莲花楼座的。他俩居然找的是同一个门号，这是怎么回事？俩人有了种种猜想，得出的结论是家长们为他俩物色的新房。

　　两个人都是单亲家庭，文轩的妈妈因为爱着爸爸的表弟早就远走高飞了，据说妈妈与爸爸是指腹为婚的包办婚姻，自从妈妈去了美国，爸爸对于再婚有了许多顾虑，所以一个人既做爹又当娘硬撑着过。淑贞爸爸英年早逝，撇下她娘俩相依为命度时光。一个鳏夫，一个寡妇两个人交往谨慎，有什么事大都通过孩子们传递。期间也有好心人撮合过，他俩都说孩子还小再说吧，也就不了了之。

　　当他们推开房门时，淑贞惊呆了，文轩傻了眼。他的爸爸正拥着她的妈妈在起舞。

　　他们对文轩和淑贞说，他们要结婚了，他们希望得到孩子们的祝福。

　　双喜临门，欢歌笑语。

生活档次

　　水生跟着邻村的王哥进城打工有些日子了，想家想老婆想孩子。

　　王哥是他初中同学的哥哥，在城里已经扑腾了好几年了，是个有名气的人物，在他故乡七里八村都知道他混得不错。

　　春节水生联络同学给老师拜年偶尔遇到了王哥，他可真变了个样，又白又胖，透着一股滋润，一改过去那种憋屈样。王哥鼓励水生进城，水生决意跟王哥走一趟。

王哥在一家大宾馆里干厨子，属于技术活。水生没技术却有好体力，就进了搬家公司。

这天晚上他来找王哥聊天，诉说心中的郁闷，嘴上说想孩子心里却想老婆，这一点被老道的王哥一语道破。王哥说人之常情，我出来这么多年了照样是想，一点也不丢人。说话间他拿出手机给老婆发了个短信：亲爱的抱抱你。水生看在眼里羡慕在心里。王哥说给老婆买个手机想了就说两句，还可以短信联络。赚钱干什么？享受。生活要上档次，要有质量。水生心服口服。

没几天，水生和他老婆也有了手机，两个人开始甜言蜜语了好一段。可手机上那些乌七八糟的东西实在令他俩心烦，居然有人与他聊天说愿做他的二奶。水生害怕了，万一人家真找上门来，那要花多少钱？从此他不敢再用短信与他人聊天了，把一股心思用在老婆身上，老婆是自己的，怎么聊都成，没有任何顾虑。

突然有一天水生收到他老婆的一个短信，那信称谓是刘总，内容简直不堪入目。水生脑袋大了，他似乎明白是怎么回事了，老婆心变了，把不该发给他的短信发给他了。

水生又来找王哥了。他把老婆的短信给王哥看，让王哥给他出点主意指个明路。王哥哪有心思看！他说他老婆已经离家出走好几个月了，最后一个短信说去追求上档次的生活。

面 试

初夏，在一个装修雅致的咖啡厅二楼，茜茜靠窗户落座，她双目紧盯着大街上，不时地看看手表，逐渐地露出焦躁不安的情绪。服务小姐已经三次走到她面前问她需要什么，无奈，她点了两杯热巧克力。

茜茜是个在单亲家庭长大的女孩。在她不满周岁的时候，爸爸结识了另一个女人，远走他乡。妈妈含辛茹苦把她拉扯大，母女俩相依为命。妈妈对于男人的矜持和不信任感影响着茜茜的婚事。当她告诉妈妈有了初恋后，妈妈提出要亲自把关，特别是当妈妈听说对方是上海人时脸上顿时凝聚了一片阴云。

她与男友相恋纯属偶然，那天中午她照旧在办公室里打开收音机听"抬杠"节目，听得正激动的时候，她忘形地跳了起来，还打了一个旋儿，猛转身见半开着的门缝里探出一个男青年的头来，吓得她羞得她不知所措，双手捂着脸几乎要哭起来。那男青年赶忙道歉，并解释说门本来就没关，当他听到"抬杠"声后不由自主地探头看了看，因为他也是个"抬杠"的粉丝。茜茜听着男青年的声音耳熟，经证实原来站在她面前的就是那个经常打热线，视角独到，见解新颖，知识渊博的青年。正因为"抬杠"使他们有了共同语言和情感产生的切入点，也正因为"抬杠"才有了茜茜妈妈能答应见他的基础，因为她也是个"抬杠"迷。

今天是她约男朋友一起到家里接受妈妈的面试，说好了在咖啡厅会合的，可已经超过约会时间半个多小时了，还不见他的身影，手机虽有接通的信号，可总是没人接。她迟疑地离开咖啡厅，那两杯热巧克力，已经冷却了。

茜茜的男友是一个公司的同事，名字叫吴强，名牌大学的硕士毕业生，供职公司核心部门，而茜茜只有中专学历，是个无关紧要的小文秘人员。两人的基本条件并不匹配。但他们俩却有说不完的共同语言，他们俩彼此爱慕致深。发生了什么事，为什么不接电话？她匆匆地跑到他的宿舍，只见床上散放着一身换下来的服装，手机在桌子上静静地躺着，却不见男友的身影。在焦虑烦闷中她回到家里，心里忐忑不安，不知如何向妈妈解释。

妈妈不在家。茜茜正纳闷，妈妈匆匆回来了，二话没说就进了厨房，从菜篮子里取出一只刚买来的裸鸡，开始冲洗。这时候才腾出嘴来问："你男朋友呢？"

迟疑了一会儿，茜茜说："还没来。"

"没来就好，你通知他改天再来吧，一会我要出门，有点急事。"妈妈说着，那只鸡已经放在锅里了。

可以免了对妈妈的解释了，茜茜有一丝轻松的感觉。

"妈妈有什么急事？"看着妈妈把热气腾腾的鸡汤盛在保温瓶里，茜茜好奇地问。

娘俩边走边说。原来妈妈为了迎接茜茜的男友，到菜市场去采购，出了菜市场，突然一辆私家汽车向她驶来，正在这时，一个西装革履的男青年跑过来使劲推了她一把，她脱离了危险，可那青年却被汽车撞倒了，头碰在一辆过路的三轮车上，头破血流。大家赶紧把他送到附近的一所医院里了。那辆私家车的司机是个刚上路的新手，到了人多的地方慌了手脚。

推开病房的门，茜茜一眼就认出那个头缠纱布，静静地躺在病榻上的人正是自己的男友，她喊着他的名字，眼里滚动着热泪。那小伙子伸出双手，茜茜扑上去，俩人拥抱在一起。

面试就这样结束了。茜茜不知道妈妈是怎么想的，心里还是有点忐忑。

这天，妈妈对茜茜说："吴强是个好小伙，他已经痊愈了，明天我想找他单独谈谈，可以吗？"

有了妈妈的评价，茜茜像是吃了颗定心丸，喜形于色，还亲昵地送给妈妈一个热吻。

初夏的天开始变脸了，阴云密布，眼看有一场大雨要降临。

妈妈与吴强谈过话后，心情似天气一样沉重，一段多年以前的伤心事又翻腾出来了，本应该埋在土里不发芽的，那本旧账本来已经成为灰烬，怎么它又复燃？她反复揣摩该如何对茜茜和吴强说。

茜茜妈妈是市里一所医院的护士，那年她与本院的一名大夫相恋了，那大夫是上海人，本来两个人过得有滋有味，像十五的月亮圆又圆。可后来他结识了一个病号的妹妹，一个靓丽的嫩妮儿，就发生了云遮月的变故，家破了，他带着那嫩妮儿回上海了。这次婚变对于痴心的茜茜妈妈是个毁灭性的打击，她用水晶一样纯洁闪光的初恋所筑成的爱巢就这样弱不禁风，那个男人的海誓山盟，甜言蜜语竟然是伪装的迷彩服，人世间还有真爱吗？她几乎走上绝路，亏了茜茜的哭声唤醒了她。

如今女儿正在初恋期，以她对于婚姻的体验和对于男人的理解，她自然要过问此事。她本来是面试茜茜的男友，未来的女婿的，可自己却遇上个难题。正所谓没有蹊跷就没有故事，那吴强不偏不倚，不歪不斜，正正好好是她前夫的养子。要与前夫，那个背信弃义的男人结为亲家，这让她如何接受，让她如何对两个可爱的孩子说呢？

茜茜她爸爸离婚后一次性结算了抚养费，从此一去没回头，再也没来探望自己的女儿。茜茜妈妈也从未对她讲过爸爸的去向。茜茜自小就很懂事，她知道妈妈的伤疤是什么也从未打听过。茜茜妈妈左思右想，她决定把问题的症结和盘托出，面试的答案只能由孩子们自己得出了。

搁浅

退潮了，海滩上一艘小客轮搁浅了，它孤零零停泊在沙滩上，看来它只有等到下一个来潮了。这里不是海港，只是小型船只随潮而来，又随潮而去的小湾。

海滩沿线各式的宾馆、餐厅鳞次栉比。就在一个中式餐馆的二楼，聚集了一家人，为了这家的女儿他们来执行一项特殊使命。说起这家女儿无论从身材、脸面、性格，甚至学识哪个角度讲都是百里挑一的人，可她却成了一家人的心病，眼瞅着二十六岁都拐弯了，还没个意中人，原因只有一个追求完美，过于挑剔。这恐怕不能怪罪于这家姑娘，要怪只能怪老天爷把她塑造得太完美了，人家讲究个般配、追求一种彼此的和谐，不很正常嘛！最近友人给她介绍了一个"海归"，这"海归"是个博士后，年龄适宜，长相也说得过去。农家子弟，有时候处事待人一根筋。她只见过他一面就觉得挺对眼，想进一步交往，又觉得心里没谱，所以设计了这次聚会，名义上是请人家聚餐，增加交流，其实带有集体相亲的意味。这家人是个大家族，七大姑八大姨都来，那阵势还不把"海归"吓跑了。经过精心策划，决定采用少而精的原则，三姑眼最毒，二姨嘴最巧，由她俩唱主角，发挥一个眼力，一个嘴功作用。爸爸妈妈要表现出一种厚道仁义的态度，多观察，少说话。

　　海风带着一丝咸腥气息顺着餐馆的大门送来一个老妇人，老妇人还领着一个七八岁的小男孩。这老妇人正是那相亲女子的奶奶，本来她是不来的，可小重孙非缠着她要看看未来的姑父，老人拗不过他只好也来了。

　　还没落座老人家就开了腔："在公交车上遇到个小青年可真会惹人生气。"

　　原来他俩挤上公交车后，有个挺英俊的小伙子起身给老人家让座，可老人家却把重孙推到了座位上。就一霎，那小伙子把那男孩从座位上拽下，自己又重新坐上了，还一脸不高兴。那重孙哭着闹着非要老奶奶抢回来，可那小伙子就是不动地儿。

　　这件事让老人家怎么也想不开，让了座又抢回去，这不成心气人吗？那小男孩更是义愤填膺，恨得咬牙切齿。

　　大家正要议论这事，包间的门被推开了，走进一个手捧鲜花，彬彬有礼的青年，那青年正是这家姑娘相中的男子。

57

"就是他，就是让座又抢回去的那个人！"小男孩恨不得咬他两口。

气氛凝固了，像是被钢筋水泥浇注了……

三姑目瞪了，二姨口呆了。

他从小在农村长大，吃过不少的苦，对于城里的孩子娇生惯养他有一种嫉恨的心结。此时，他进退两难，尴尬地站在门口，表情似笑非笑。

海风带着咸腥味穿过餐馆的窗户，打了个旋向那条搁浅的客轮吹去，那船等到明天来潮时会离去的。

婚礼

悠扬欢快的乐曲弥漫在玫瑰色的气氛里，小蓉与马克的婚礼即将开始。各路嘉宾、亲朋已经落座。

小蓉牵着爸爸的手踏着红色的地毯，伴着乐曲缓缓地步入圣殿。

忽然，欢乐的气氛像是被霜打了一样，冷却了，凝固了。小蓉惊愕的目光直直地对着新郎身边的伴郎，那目光里有期盼，有疑问，有惊，有喜，有爱，有恨，有千言万语，晶莹的泪珠涌出，顺着脸颊流动。伴郎的目光也是惊愕，那目光里有无奈，有祝福，也有遗憾和歉疚。泪水湿润了眼眶。

新郎茫然，嘉宾亲朋哗然。

突然，伴郎转身向侧门走去，看上身的动作是跑，两手使劲摆动，但下肢似乎不听使唤。就在迈一个小台阶的时候，他摔倒了。

小蓉不顾一切地冲上去，那洁白的婚礼服划出一道弧线，她失去了理智，忘记了场合，忘记了新娘的身份。

爸爸拽了一把，她挣脱着摔倒在红色的地毯上，失声哭喊着："大卫，别走！"

那个伴郎叫大卫，是小蓉大学期间的恋友，毕业后两个人在同一城市就业，就在他们准备第二天去领取结婚证的时候，大卫接到了家中的一个急电：父病危，速归。没想到一去就是三年，音讯全无。小蓉曾四处打听，甚至追逐过一些男士的背影，也曾到过大卫的家乡，那个偏远的南方小城，但人们告诉她，他全家迁到北方某城市。莫非他蒸发了，莫非他被外星人掠走了，莫非发生了意外……她像是被关进了一种情绪牢狱，有一度几近崩溃的边缘。她的家人为了挽救她，想尽了各种办法，两个月前父亲把他同事的儿子，一个旅美归来称谓马克的博士领进家里，经过短暂的接触，彼此没有不悦的感觉，确定完婚后赴美定居。马克特意邀请了回国探家的同学大卫做伴郎。大卫家住在另一城市，匆匆赶来。小蓉寻觅多年的恋人竟然出现在自己的婚礼上，这有点荒诞，有点巧合，或许是一种缘。

小蓉不能自已，那被封闭的思念之情像开了闸的河水，奔腾着，宣泄着……

三年来，大卫哪里去了？看看摔在地上的他，划破的左腿裤子里露出了假肢。当年他在回家的路上遇到了车祸，成了一个残疾人，为了她，他选择了消失，后来又辗转国外求学。他的心里一直揣着她，那些日日夜夜他是在挣扎中度过的。

石榴花

一

"正月里迎春花，二月里兰花，三月里桃花和梨花，四月里蔷薇花花，五月里石榴花，六月里荷花，七月里栀子花，八月里桂花，九月里菊花，十月里芙蓉花，十一月里水仙花，十二月里腊梅花，你说你的名字里有朵花，究竟是什么花？"石榴花依然记得她曾经的丈夫，当年的农大毕业生在她家借住时与她的第一次对话。每当闲暇时她总会想起，每当想起时心里总有一丝的甜蜜，但更多的是酸楚。

当年，县里委派一名大学毕业生到村子里来搞调研，石榴花的父亲是村长，他便把这大学毕业生领到自己家里住了。他家新翻盖了六间瓦房，儿子参军了，家里只有老两口与小女儿，房子不能老空着，多一口人也好接接人气。

那大学毕业生名字叫王刚，也是个祖辈修理地球的出身，农业大学刚毕业招聘到县机关还没分配岗位就被指派到基层调研。他家境贫寒能读到大学已经是个奇迹了。

村长家的小女儿石榴花，去年高中毕业，在家里心神不宁，既想复读，又想进城打工，自从王刚进了家门后又点燃了火花，燃烧着她的大学梦。闲暇时王刚常给她讲大学生活，学习课程，这些内容像一股溪流流淌在她的心田里，让她对大学的憧憬变成了一种渴望。她重新翻出课本，再一次向梦境中的高地进发。他也不时的帮她辅导，除了分析疑难题外，还教给她学习方法。两个人由当初的矜持慢慢的放松了，灯光下常常传出开心的笑声。

石榴花的心里好像有一缕阳光射入亮堂堂的，她那鸭蛋般的脸上挂着彩霞，一双乌黑的大眼睛闪动着激情的浪花，那一对过肩的辫子上飞来了两个花蝴蝶，高挑的身材平添了几分轻音乐般的韵律。

似乎受到石榴花情绪的感染，三只芦花鸡较着劲的下蛋。石榴花三天两头给王刚荷包一个鸡蛋，犒劳她心目中的老师。

半年过后，王刚到县城开会去了。一天，石榴花她娘突然得了急症，她和爹一起用小推车把娘送到镇医院。医生让住院治疗，地里的庄稼等着施肥灌水，爹赶回家了。石榴花在病床前侍候了好几天，后来爹又来替她，让她回家换洗衣物。

石榴花回到了家里天已经黑透了。天气闷热，浑身上下黏黏糊糊，衣服都贴在肉上了，她急需一个凉水澡，于是从井里打来两桶水，关上大门，就在院子里脱了个精光，开始洗浴。当一瓢凉水从头浇下时，激的她透心凉快，不由得嘴里发出呼喊声。正当她浑身打满肥皂时猛然发现一个男人站在她身后，一时间她不知所措，站在那里又惊又怕。

那个男人是王刚，他从县里回到村长家里也很晚，见家里空无一人就一头贴在枕头上睡了，朦胧中他听到有人吆喝，走出屋门，发现石榴花在裸浴，他第一次见到成熟女人的裸体。夜色浓缩了空间和层次，屋子里照射出的灯光像一支画笔把她的体型曲线勾勒得清晰活现，她洗浴时那水滑白皙的肌体像一幅壁画，那婀娜的动感更似一首诗歌，这画这诗让他陶醉，让他心率起伏，让他无法按捺。好像有一种超自然的磁性在起作用，他冲上去拦腰抱住了她。当她在这个她崇拜的熟悉的男人怀里时温柔取代了惊恐。

寂静的夜，两颗年轻的心燃烧了。院子里那颗石榴树的花蕾绽放了，那火红的颜色在一缕灯光笼罩中，娇艳夺目。

不久王刚返回县城，被安排在县办公室做文字秘书，据说他的调查报告很得上级领导的赏识。临别村长家时他与石榴花既没留言也没赠语，自从发生了那一夜情后两个人都为那不该发生的冲动而后悔，临别时彼此都有些歉疚感，唯恐家里老人发现蛛丝马迹，彼此就淡淡的分别了。看着远去的王刚，石榴花觉得一颗流星从她心里划过，眼泪像拍岸的惊涛，淹没和荡涤了那段纯洁和赤裸的情感。

回到县里的王刚如鱼得水，给领导起草的讲话和工作总结屡屡受到好评，组织干部们认为这是个好苗苗，已经把他作为重点培养对象。这时候有一位很有资历的女人主动给他提亲，领他见了一个学历相当，职业令人羡慕，又有背景的女孩，两个人也谈得投机，逐渐发展到开始约会。人们私下里议论傍上这个女孩王刚飞黄腾达有时机了。

就在王刚与那女孩进入甜蜜期的时候，石榴花她爹找来了。他很严肃地告诉王刚石榴花怀孕了。

王刚陷入两难的境遇，拒绝石榴花，其后果不堪设想，身败名裂，前途黯淡。接受石榴花对于甜蜜中的女孩无法启齿，到头来也是满城风雨，无颜面对县机关上下同事。左思右想郁闷愤懑，既悔恨那一夜情，又懊恼不该与新女友接触过密。他的心里着了火，烧得他眼角泛红，嘴角冒泡。

那一夜情过后，石榴花觉得自己的身体有了变化整日有一种怀孕的念头，心劲儿好像散了，总是忐忑不安。过了些日子她发现已经有了些症状，终于那些细小的症状被娘发现了。娘再三的追问，起初她想蒙混过关，后来也意识到问题的严重性扑在娘怀里失声哭泣。那件事说破了以后爹娘急坏了，爹要动手打，娘赶紧劝，这种事可不能弄出点动静来，万一让街坊邻居发现这脸面往哪里放啊！她爹起初主张把那孩子作了，理由是别影响了人家的前程。她娘坚决不同意，理由更充分，头胎流了，再怀上就难了，有不少人造成终生不孕，再说了也要看看王刚的态度。

石榴花哭够了躺在床上目视着窗外的田野，雨后那些嫩芽破土而出，由此她想到有人把女人比作大地，生命就在大地中孕育和诞生，一种从未有的新奇感油然而生，她轻轻地抚摸着开始凸起的肚子，想像着那里面新生命的样子，母爱已经开始在她心中萌发。

王刚终于下定了决心，娶石榴花为妻。经过与石榴花爹娘商量，领取结婚证后暂不举办婚礼仪式，避免人家说闲话。过后王刚对甜蜜中的女友做了个了结，推脱家境贫寒怕连累了她。

甜蜜中的女孩被婉言拒绝后，心有不悦，有一种感情被戏弄的感觉，本来相处得甜蜜蜜，彼此曾有过很亲密的拥抱和亲吻，怎么能说散就散了。中间人是那女孩的亲戚，觉得事情蹊跷就想追查个究竟。

俗话说没有不透风的墙，王刚在基层调研期间把村长女儿肚子搞大了的传言不胫而走，县机关上下都在背后私下议论。有好友劝王刚站出来辟谣。王刚怕越描越黑索性一言不发。后来组织干部部门得出了王刚道德品质有问题的结论，不久他被调到一个偏远的镇上去侍候一个无关紧要的差事去了。有人告诉他这是那位甜蜜女友的亲戚发的孬。

王刚一直处于郁闷压抑的状态中，他变得少言寡语，那一夜情像绊马索索住了他的前程，慢慢地他开始憎恨他的婚姻，对石榴花也是一脸的冷色。后来索性把她打发到老家去侍候他的老娘去了。

在石榴花看来，她与王刚的结合纯属为了掩盖那一夜情造成的后果，她也说不上爱或者不爱心里懵懵懂懂的，她也不知道王刚还有过一个甜蜜的女人，但王刚的冷漠她实实在在地感受到了，她觉得王刚已经不是在她家里住着时的那个大学毕业生了，他失去了以往的开朗和笑颜，失去了曾经的热情和关爱。不过她觉得王刚因为那一夜情遭到被贬的境遇心里又觉得不平，总觉得怪对不住他的。她对于自己也很失望，那些对于幸福爱情的向往，那些关于甜蜜爱情的想象，被现实的婚姻打得粉碎；那大学梦想让肚子中的孩子替代了，她再也没有勇气做那些超乎寻常的梦想了，她必须面对冷漠的现实，她的思想凝固了。

石榴花到了婆婆家。婆婆那脸阴天般的脸色，让石榴花觉得透心的凉。她大嫂好像故意要出她的丑，伸手摸着她的肚子嬉皮笑脸地问几个月了。石榴花公爹前两年过世了，婆家大哥年初进城打工去了，婆婆、嫂子和一个小侄子住一个不大的院子里，家里就三间草房。大嫂是个能说会道的人，婆婆什么事都听她的，在她的挑弄下婆婆认定了一个死理，二儿媳妇给她儿子带来的不是福，而是祸。石榴花开始忍气吞声的生活。

立秋了，天凉了。突然有一天婆婆上吐下泻，头摸着烫手。大嫂指挥着石榴花把婆婆送镇医院，她说了声回家照顾儿子，就再也没回来。石榴花整日在医院里侍候着婆婆吃喝拉撒。婆婆病情减轻了便喊着要见孙子，无奈石榴花匆匆赶回家。当她推开家门时就听到大嫂屋里有动静，隔着虚掩着的屋门她往里看，她惊呆了，一个经常到村里推销杂七杂八日用品的男人与大嫂正赤裸裸地抱在一起大呼小叫地做爱。石榴花悄悄地退出院子，关上大门径直返回医院。在村头大槐树底下见到小侄子在和几个孩子嬉闹，她哄着他说到镇上买好吃的给他，他便跟着她去了。

王刚回来了一天，见娘病情好转便匆匆离去，他对于石榴花没有一点亲热劲，石榴花心里苦苦的。

婆婆出院后对石榴花虽然还是不咸不淡的，但说话已经不大声大气的了，这让石榴花觉得有了一丝的温暖。不久大嫂撇下儿子离家出走了，只有石榴花知道她是与那个推销员私奔了。

突然有一天，石榴花又见红了，起初还以为是流产，后来经医生鉴定她压根就没怀孕，之前的症候都是假孕的表现。她晕了，她觉得茫然，老天爷在作弄她。她捂着被子大哭了一场，一个念头油然而生，离婚。

离婚了她觉得轻松了，觉得有一种再生的希望，她决定离开家乡进城打工。临走时王刚偷偷地在她的行李里塞了些钱，他认为离婚就像一口黑锅，让一个二十出刚头的女人背着个黑锅走了，心里觉得愧对了石榴花。与婆婆告别时婆婆泪流满面，抚摸着她的手，再三挽留她。小侄子拽着她的腿，哭着喊着不让她走。她的泪水也夺眶而出。

二

石榴花辗转于县城、地市，来到省会时已经临近春节了。

劳务市场门可罗雀，很多求职的人都回家奔年去了，临近年根也没有招工的了，石榴花在那里站了多半天，看看无望正准备离开，迎面走过来一个中年女人，只见她着装朴素，笑容可掬。原来她是找人做替身的。她也是个乡下女人，常年在一个孤老妇人家干家务，春节要回家乡，要找个接替她的人，转悠了好几天了没找到一个愿干的。在茫茫的大城市无家无业的能找到这份工作那真是求之不得，石榴花高兴地答应了。那中年女人领着她来到一所高校的宿舍区。

这家的房主是个王姓老妇人，她带上老花镜拿着石榴花的身份证仔细地看了后，又对她的身世询问了个遍，那语气像是在审讯。这老妇人原来是学校的人事处长，三个儿子，两个在外地安家落户，身边的小儿子因为她与儿媳处得不好，打的闹的儿子媳妇都不大上门。据说她中年丧夫性格变得怪癖，心中有一团阴云，遇热就是雨，属于抑郁发泄型性格。

石榴花中午滴水没进，晚饭吃了两个大馒头，老妇人已经鼻子不是鼻子，眼不是眼了。她无意中把自己唯一的行李一个帆布背包放在客厅的沙发上，没想到这个举动激怒了老妇人，她大声吼叫，用拐杖指着门喊着，吃货，脏东西，滚出去！眼瞅着春节就到了，小儿子陪媳妇到乡下回娘家过年去了，老妇人心里憋着一股火。她的不满和愤懑一股脑地发泄到石榴花身上了。

大雪纷飞，石榴花眼里含着泪花离开了那老妇人家。往哪里去，举目无亲，她打心里想返回家乡与爹娘过个团圆年，但她又不能回去，满村的人都知道她嫁给一个大学毕业生了，过年了一个人回家村民们肯定会说闲话，她不愿人们知道她离婚的事。她不愿让爹娘在村子里没面子。

石榴花

　　鹅毛大雪纷纷攘攘，在一个拐角处，石榴花滑了一跤摔在地上。正在这时有人过来想搀她起来，可那人腰还没弯下脚底下打滑自己也摔倒了。石榴花看看滑倒是个老太太，菜篮子里的年货，散落了一地。石榴花年轻摔了一跤没感觉，可老太太却受不了。石榴花搀扶着老太太把她送回家。灯光下，只见那老太太一头银发斑白闪亮，一脸微笑让人觉得慈祥和蔼。老太太原是大学教授，丈夫曾是大学校长，已经过世几年了。一双儿女都在国外定居，常用联络方式就是电话，早几年还能在电脑上联络，因为她视力不济有些时日不再上网了。老太太让石榴花走到身边拉着她的手唠起家常，当石榴花说到自己名字时，老妇人忍俊不禁咯咯地笑了。原来老妇人的小名叫石榴，有多少年没人这么称呼她了，听了石榴花这名字她觉得好亲近，好像是童年的姐妹，这或许是一种缘分。老太太有意留下石榴花陪他过春节，石榴花满心欢喜地答应了。老太太索性让石榴花称呼自己石榴奶奶，在她看来奶奶虽然老了，石榴却是童年。

　　石榴花在小半年的闯荡中干过饭店杂工、医院陪工，她经历了不少，也学到了不少，那段糊里糊涂的婚姻给她带来的痛苦烟消云散，她对生活有了热情，有了志向，她开朗了，豁达了。在石榴奶奶家她既勤快，又伶俐，很招人喜爱。石榴奶奶雪天摔了那一跤后，腰间时有隐痛，石榴花每天给她按摩，让她心理和身体倍感舒适。石榴奶奶夸她按摩有技巧肯定师出有门。她确实跟一对盲人夫妇学过。那是一个大雨天，石榴花到屋檐下避雨，见一对盲人夫妇正在收拾按摩床，她便搭了把手。雨停了，折叠床装上三轮车，就等女儿来带他们回家了，可女儿在下班的路上被全市最低处的马路上的流水挡住了，一时半会还到不了。这时候雷在鸣，电在闪，眼看暴雨要来临，石榴花蹬上三轮车把盲人夫妇送回家，就这样那盲人夫妇非留住她，她便成了他们的关门弟子。

多少年没与年龄差距这么大的女孩接触了，似乎这种差别形成了一种引力，好像青春的气息也可以传递，石榴花表现的那种活力，在她心里也有一种朝气在涌动。石榴奶奶似乎对生活有了不少心得，觉得自己内心新的求生欲望或许是一种意外的特殊的天伦之乐带来的效果，她认为天伦之乐是人类的一种自然需求，女性的那种固有的母爱只有通过天伦之乐才能得到释放和宣泄。她把石榴花当做自己的亲孙女欣赏她，关爱她。石榴花在一种爱的氛围里感到一种轻松，一种温暖，她尽力呵护石榴奶奶，室内收拾得干干净净，变着法给她改善伙食，闲暇时就陪她聊天。

石榴奶奶剪了几个大红福字，还写了一副春联，把屋里屋外装点得挺红火。大年三十晚上，石榴奶奶让石榴花放了一挂鞭炮，她觉得今年的春节特有情趣。年前学校来拜访她的人不少，都说她返老还童了。

晚间，石榴奶奶和石榴花正在包饺子，突然电话响了。是谁这么早就拜年？原来是把石榴花撵出来的那老妇人的小儿子，他给他妈打了好几次电话都没人接，不放心就来询问石榴奶奶。两家人住着个二层小独楼是楼上楼下的邻居，石榴奶奶让石榴花上去看看。

老妇人家里黑灯瞎火，敲敲门无人应声，这可如何是好？猛然，石榴花想起了那天那中年妇女交给她一把房门钥匙，因为被老妇人羞辱离开时忘记放下了。打开房门就嗅到一股煤气味。煤气灶阀门没关好，老妇人煤气中毒了。医生说，亏了发现及时，老妇人捡了条命。病榻上老妇人醒来时看到石榴花坐在跟前，她问这是在哪里？当大夫告诉她是石榴花把她送到医院，前后后在照顾她时，泪水满眶，嘴角抽动，她从心里想说声感谢的话。

大年三十晚上，石榴花救了老妇人，很快在校园宿舍区传开，这几乎成了大年初一人们议论的中心话题。在这宿舍区老年人居多，老年人的问题很敏感。石榴花的举动一夜之间成了老年心目中的明星。

可是好景不长，没过几天老妇人报了案说她的金银细软丢失了。石榴花自然成了怀疑对象，公安人员传讯她多次，询问她为什么不及时交还老妇人的钥匙，那天把老妇人送到医院前后都干了些什么？石榴花真是掉进黄河洗不清了。这期间满院里风言风语，有人开始指责石榴花救人是假，行窃是真。

石榴花觉得自己冤屈，好心不得好报，心中有苦，只能默默地流泪。石榴奶奶不信石榴花会干偷窃之道，她虽然与她接触时间不长，凭直觉她认为这孩子是个自爱自强的人，她安慰石榴花别哭，问题会查清的。

过了几天，石榴奶奶忽然想起宿舍区常年有个收购废品的小伙子，据说是老妇人请的那个中年保姆的亲戚。顺着这个线索公安人员查出那小伙子手里也有一把老妇人家的钥匙，年三十晚上，他窜到老夫人家作案，临走还打开煤气开关企图灭口。

水落石出了，石榴花痛痛快快地大哭了一次。她想离开这里，被石榴奶奶留住了。

石榴花思来想去觉得王老妇人虽然性格怪僻，但她腿脚不利索，一个人生活也怪艰难的，在她的新家政服务人员未到之前，经常到楼上看看，帮着干些家务活，跑跑商店和菜场。王老妇人打心里喜爱上了这个心地善良的石榴花。

一天，石榴奶奶打开了一间房门，房间很大，屋子里三面是书架，书架上摆满了各种规格的书。靠窗户的那一面是一张写字台。写字台上一个棕色的镜框里有一张已经泛黄的照片。照片里一对身着军装的青年男女微笑着贴靠在一起。说到这张照片，石榴奶奶满怀深情。淮海战役结束后，她与另一女战友到南方寻夫，部队还在转移，走了几天也没找到。有一天，在大街上她突然高兴地喊着，找到了，找到了！大街上没有别的行人，找到什么？原来在一张布告上她看到了丈夫的名字。石榴奶奶与丈夫

外晴朗，一大早就听到喜鹊的叫声。在夜校报名处，他俩不期而遇，那激动高兴劲儿就甭提了。俩人有说不完的话，话题就是从在河边手与手接触开始的。

都市的激情融入了他们的血液，拥抱又把激情散发出来，在公园里，在大庭广众，光天化日之下，他们无拘无束。

五

一条小河哗啦啦地流淌了几千年，河左堤有个少女叫小玉，高挑俊秀；河右岸有个小伙叫小旺，敦厚朴实。小玉常在河边洗衣；小旺常来田头劳作。俩人虽然从未说过话，但彼此都有一种热乎乎的感觉。

这一天，小旺干完活到河边洗腿，他偷眼看着小玉，心里好像有话要说。小玉第一次正面看小旺，四目相对，心里跟敲鼓似的，忐忑紧张，不知所措，手里攥的围巾竟然被河水冲跑了。正在这时，只见小旺扑入河中，抓住围巾递给小玉，在不经意间俩人的手碰了一下。顿时，小旺觉得心里着了火，忽闪忽闪地冒火星。小玉脸上挂彩虹，羞赧地低着头，心里想说声谢谢，嘴却不听使唤，竟没有哼出声来。这瞬间的情景，瞬息的心情，永久的铭刻在他俩的心里了。

过了些时日，小旺进城打工去了。临走时，他跑到河边去想再看看小玉，他有一肚子话要对她说。可没见小玉的踪影。

小玉照旧来河边洗衣，她天天盼着见到河对岸的小旺。

又过了些时日，小玉也进城打工了。

在劳务市场上她被一家快餐店的老板选中，起初干些淘米洗菜的杂活，后来成了前台的一枝花，附近一家公司的几个挺体面的小伙子就冲她天天光顾快餐店。可她心里依然思念着小旺，盼着有一天他出现在面前。闲暇时她就到大街上转悠，期盼着他突然迎面而来。

忽然有一天在快餐店门口贴出了一张公安局发的通缉令，小旺的照片赫然出现在上面，抢劫团伙的头目。小玉似五雷轰顶，几乎瘫倒，震惊和痛惜交加在一起，她恨不得要扇他两个耳光，为什么要走那条路啊？

夜里她哭湿了枕头。

就在这天夜里，她的老板，那个看上去一本正经的小老头子爬到她的床上。

不久，她挺着个大肚子嫁给了老板的小儿子，一个畸形儿。

结婚的那天，她心里依然记得与小旺手与手的接触。

奇　缘

白天进了山，晚上入了梦。

春夏初交之夜下了一场雨，据说这雨是唐朝时期欠的雨昨夜补上了。这雨确非一般，它流光溢彩，把个黑夜装点得五光十色如同白昼；它音色绝妙，委婉悠扬的曲调里伴有铿锵激昂的和弦，像是天外之音。这真是一场神雨！

一大早，我如约来到了一片幽静的竹林里。茂密的竹林死一样的沉寂，那狭窄的曲径上青灰色的石板被雨水冲洗得干干净净，石板的缝隙里闪动着小溪，竹叶上挂着晶莹剔透的水珠。我在等十天前在这里邂逅的一位多年来期盼的女子。说是多年，是因为记不清哪年了，我去很远的地方旅游，人们都观赏庭院楼阁，膜拜名佛大仙，而我却专找那僻静的地方游览，在杂草丛生中，一尊半身石佛吸引了我，那石佛有真人体态之大小，头发蓬松卷曲，圆脸庞尖下巴，鼻梁笔直，深眼窝中闪动着犹豫的目光，厚厚的嘴唇带着一丝伤感的微笑，胸部隆起，衣衫线条柔软，这是一尊女佛！佛是没有性别的，为什么会有一座女石佛，而又被抛弃在荒野中，莫非雕塑者情有独钟，而膜拜者心怀歧视？此刻，我的视觉受到了强烈地冲击，我的心灵震撼了，不由得一种怜悯爱慕之心油然而生。我甚至有俯身吻她的念头。忽然间，她站立在我眼前，婀娜多姿，翩翩起舞，我正要扑过去拥抱她，一只唧唧喳喳的小花鸟飞来，打乱了我的思绪，把我拖离了梦境，回到了现实。从那以后，她深深地刻在我的心里，成了我梦中的恋人。人们都说我长得帅，有学识，要求高，所以至今还未成家，其实他们哪里知道我心中的郁闷。我一直没有间断地寻觅，我甚至还专程返回故地去与她相会，但她不翼而飞，再也不见踪迹，我曾经流泪，痛不欲生。可能是工夫不负有心人吧，十天前，我在竹林里遇到了一个匆匆而过的村姑，她居然和那女佛一模一样，只是她梳一对长辫，穿一身红色碎花衣裤，当我们相视而对时，她含情脉脉的目光告诉我，我们似曾相识。当我刚开口说话时，她却摆摆手，说了声"十天后的此刻再见"后，便消失在竹林里。眼看到了约定的时间，不见她的踪影，我开始焦躁了，突然，起风了，竹林随风摇曳，远处海涛低沉浑厚的呼啸与耳旁竹林时大时小的沙沙声浑然一体，竹林沸腾了。一只小花鸟从我头顶上飞过，它唧唧喳喳地叫着飞远了，留下了一张雪白的纸条，那上面钩钩呀呀写满了字。我通晓英、法、德、西班牙、阿拉伯等国文字，可这纸上的字体我从未见过，莫非它是天书？是谁在阻挠我们？我的情绪不能自已，奔跑着，吼叫着："你在哪里？"

　　猛然，我觉得脸部受到了一硬物体的敲打，"你又做什么美梦！"睡眼惺忪的我看见一个横眉竖眼的女人正举着手中的扇子朝我脸上打来。那女人自称是我老婆，我有老婆吗？

第二次相撞

在广场上临时搭建了一排排帐篷，入口处赫然写着抗震救灾医疗急救中心。

就在掀帐篷门帘的一刹那，她的头像是撞到一堵墙上，等到门帘掀起时，眼前竟然站着一位海军军官，她与他四目相对，瞬间都露出一种惊喜，几乎同时都喊出了一声："是你！"

他俩认识吗？

他俩其实只有一面之交。那还是两年前的一天下午，在一个小区楼房拐角处，他们的自行车相撞了。那天是她高中时期班主任的生日，她到班主任家送生日蛋糕，多聊了一会，眼看上班的时间到了，她的车速快了点，把他和他的自行车撞翻在地。她红着脸说："对不起，你没事吧？"

"没事，没事，你走吧！"

他们相互看看，目光中都有几分歉意，似乎都有一种莫名的感觉。

他捡起散落在地上的花，那文质彬彬的神采让她挥之不去。

她急匆匆走了，但那回眸一笑却刻在他心里了。

其实他也是去看班主任的，而且是同一个人。在班主任那里他知道了那个撞倒他的姑娘是在他毕业那年考入高中的，医学院毕业后，分到省里一所医院工作。班主任对她的评价是，风风火火，哪像个从医的。

不知是怎么搞的自从被撞后，他期待着能再见到她，期待着被她再撞一次。

人世间有很多奇闻趣事不知道什么时候会发生，就在四川抗震救灾的前沿，他们又相撞了。他是在垮塌的房屋中救出一名被砸伤的百姓，翻山越岭抬着担架来到急救中心的。

他们不期而遇，彼此好像都有话要说，一个要抢救伤员，一个要赶紧去救人，两个人几乎同时都说了一句话："加油！"

匆匆而别。虽然匆匆，虽然只有只言片语，但同处异乡，同一个战场，同样的责任，让彼此的心贴近了。她看着他黝黑消瘦的脸庞，心中多了一份牵挂；他见她充满血丝的双眸，心中添了一份思虑。

彼此都期待着第三次甜蜜地相撞。

暑期练摊

不知道什么时候斜马路两侧成了个杂货市场，卖菜的、卖衣物的、卖日用品的琳琅满目。

最近，就在这条马路边出现了一个戴眼镜的文弱青年，他在一个塑料筐和一个马粪纸盒子上分别摆放上托盘，托盘里堆积着咸鸭蛋和花生米袋。过往的人不认识这个青年人，却认识他的那些家伙什。又根据这些家伙什推断他肯定是拥有这些家伙什的那女人的儿子。

提起那女人就说上几句，她的外形黑胖，黑得流油，胖得瓷实。据说他来自临沂山区贫困地区，为了在外地上大学的儿子每月800元的生活费和学杂费举家进了城，丈夫找些零工干，她自己在一个南北相通的小街上租了一间简易屋，垒砌锅灶，炸花生米、炸鱼、炸肉、炸藕合、茄合、包水饺、烙菜饼。这南北街可是个做生意的风水宝地，它的东面是省市大机关的宿舍，有近千户人家，西面是棚户区，也都离不开吃喝，再加上南北过往的人，这里的市场人流不断，生意红火。

小街要改造，棚户区要拆迁，市场取缔了。她整日挂在脸上的笑容消失了。为寻生路，她又跻身于离南北小街不远的斜马路，开始卖咸菜，继而又卖水果，都不景气，天热了，她开始卖咸鸭蛋和花生米。

儿子暑期回来了，子承母业，在路边练摊。有熟人问到他妈妈，他腼腆地说在医院做陪工，侍候病人。

小伙子是学传媒的，抱一本书埋头看。这天来了一个大买主儿，是附近工地上的食堂采购员，要包了他的咸鸭蛋，他兴奋异常，赶紧把咸鸭蛋放在落地电子秤上，可电子秤失灵了，小伙子抓耳挠腮，那人见状要走，忽然听到一女孩喊道："别急，看我的。"说着她在电子秤上拍打了几下，果然灵了。

这时候小伙子才抬头看到一个眉目清秀的女孩就在他身边摆了个小摊。一块旧布上摆满了女人的头饰，各式各样的发卡闪着光彩。

俩人聊起来了。女孩是本地大学读工科的学生，家在农村，弟弟今年也考入大学，家里供应吃力，暑期在市区练摊赚点学费。俩人似乎有共同的语言，彼此交流很开心。

慢慢地俩人有了一种朦胧的情感，每天收了摊总盼着明天再见。

过了几天，她对他说，本城的同学帮她找到一个打工的差事，希望他能帮她把剩下的头饰卖掉。

他有点不好意思，心想男人卖女人用品似有不妥，可他也真想帮助这个同病相怜的姑娘，他应承了。

说再见时俩人彼此留下了姓名和通讯地址。

不知是怎么回事，这几天他的小摊上格外热闹，不远处的那所印刷厂的小女工们经常来买他的咸鸭蛋，那些头饰也很抢手，就连对面那个推着三轮买衣物和头饰的阿姨都嫉妒了，半开玩笑地对他说，小伙子那些小姑娘对你有意思啊！弄得他满脸通红。

暑期快结束时的一天傍晚，他找到她把卖头饰的钱交给她。

她请他在街上的小摊上吃了馄饨，告别时牵了手，彼此心里都暖暖的。

一个男人的素描

他是一个普通的男人。

说他的脸庞近似一个圆饼，似乎有点夸张，但男人有的棱角在他脸面上像经过打磨一样都成了弧形。眼睛不大，目光像经过炙热炎炎的阳光照射，总是泛着油亮。嘴唇的轮廓只有在微笑时才能有牙黄色衬托出。在他脸上最精彩的是鼻翼两边不规则地散落着细小的棕色的雀斑。

此人中等个头，与大多数北方男人一样，胃口好往往体现在身材的外围上，让人觉得肉乎乎的。

他不苟言谈，却也不沉默寡言。他的音带天生非同一般，发出的声音好像经过沙粒的搓碾，听起来音色发散发哑。与人交谈他往往以嗯、是、对、可以、不行等单词对应，尽管如此，凡是熟悉他的人都愿意与他聊天，有时候还觉得有一种如同饮酒般的酣畅感。

他爱好绘画，国画的泼墨与工笔在他手下挥洒自如，勾勒流畅。他的国画长卷《贵妃出浴图》曾获一高层次画展的金奖。画中近百名宫女簇拥着贵妃，场面恢弘，气氛典雅，人物栩栩如生。也正因为画毁了他一桩姻缘。他常常到外地写生，收集素材，淡漠了家庭和娇妻，当他的儿子不足周岁的时候，他的妻子有了新欢。其实他妻子配他本来就觉得屈了，她像个画中美人，皮肤白皙，身姿婀娜，俊俏的脸上那双眼睛似含情的旋涡。早就有友人提醒过他，少出家门，守住老婆。也有男人对他羡慕不已，说他哪辈子修来的福，觅得这样一个美人？

他也果断，也够绝情，离婚后，他抱着孩子回到千里之外的老家，从此不让那负心女再见到儿子。

家就是他的画室，墙上挂的是画，桌上铺的是画，地上散落的还是画。就在这种环境中儿子上小学了。

他一个人既当爹，又做娘，也怪难的。好心人曾给他牵线搭桥，最典型的一次是给他介绍了一位因对男人过于挑剔而熬老了的姑娘。为了两人单独见面，中间人特意策划了一番包装，让他穿上一身新买的西服，左手拿一本杂志，作为接头标记，在电影院门前转悠，等那女子来到后，同赏新片《结婚前奏》。第二天，中间人电话询问他见面愉快？他憋闷了好半天，才说了声人家根本没去。听那声像是经过门缝的挤压，又撞到南墙上返回来，不成音调了。事后中间人才恍然大悟，策划不妥，把他当成靶子了，对他不够公允。那女人可能悄悄地看到他了，因为不如意，谎称病了没去。从此，他拒绝媒妁之言。

有谁会想到，竟然是他的儿子成就了他的姻缘。儿子上小学一年级，与他同班的还有一个单亲小子，那孩子是因为一次生产事故失去了爸爸。可能是同病相怜的缘故两个孩子特别要好，那个没爹的孩喜欢画画，常常到没娘的孩家里看画；那个没娘的孩子嘴馋，常常到那个没爹的孩家吃喝。久而久之两个小孩萌生了在一起生活的念头，小哥俩设了一计，谎称学校里有春游活动要求家长参加。于是两个家长在郊外的桃花丛中相见了。那女人是南方少数民族地区的人，随丈夫来到本地，丈夫去世后，她孤零零的，虽然正当年华，也有几分姿色，特别是面部那些细小的转折，组合的格外生动，但她心头好像有把锁，无意再恋。俩小子分别给自己的家长一封信，希望有个完整的家。或许是都经历过坎坷，或许是俩孩子感动了他们，或许是彼此有情有意，经过一段接触，一个新家诞生了。

初吻的感觉

王盛经营的羊肉泡馍餐馆开张没几天，门前大红色的幌子在微风中轻悠悠的飘荡，好像在诉说我为风味小吃一条街带来了西北高原的特色。

说是今天街道办事处新来的领导要来视察，各饭馆餐厅都打点一新。老板、经理们久等不见领导人的影子，都有点心烦，有的在街头张望。

王盛身着白色围裙，头顶白色圆筒帽子，鼻梁上架一棕色框的眼镜，酷似一个学问很深的大厨。其实他这小店也就他和他的侄子两个人。

看看没有什么领导人来，王盛打算到菜市场看看进些料理，刚要出门，迎面走来一女子。

那女子进了门后递给他一张名片。那名片上印着街道办事处主任助理——张欣。

看到这名字，再看看这女子的脸面，王盛突然问："你是二中的那个张欣吗？"

"是啊！那你……"

王盛赶紧摘下眼镜，脱掉帽子。

"王盛！"张欣惊喜地喊着，几乎要跳起来。

说来话长，他俩曾是市二中同班同学，上初中那会儿还是同桌，到高中两个人一前一后都是靠墙的独桌。六年同窗把纯洁的情愫日积月累绘制成了一幅镶嵌画，这镶嵌画里有彼此切磋那些迷宫似的怪题难题时的争论；有交头接耳时的细语切切；有排球起落时的吆喝声；有郊外原野的欢笑声；有彼此相望时的兴奋感；有情窦初开时的羞涩感。这画就镶嵌在他们的心里，眼前时有浮现。那年高考后，王盛如愿进京在一所名牌大学就读，而张欣因发挥失常名落孙山，后来回到父亲的老家复读于一所升学率很高的县高中。第二年她也考进了那所大学，进校门第一件事就是寻觅王盛的踪迹。可有人告诉她王盛休学了。

"你怎么休学了哪？"张欣憋闷了好几年的问题总算有机会提出来了。

"颈椎出了点问题。"王盛轻描淡写地说。

他爸爸根据医生的建议送他回千里之遥的陕北老家陪爷爷放羊去了。一年后他颈椎恢复正常了，正准备返校，可爷爷卧床不起了，爸爸妈妈都是军人，无法顾及爷爷，想把他弄到城里住，可他故土难舍，死活不应，无奈王盛只好留下来照料爷爷，直到送爷爷归天，他才重返城里。

听到王盛的这段经历，张欣既被感动又觉得惋惜，她不知是该宽慰他还是该鼓励他，找不到合适的话茬。

沉默了一会儿，王盛接着说："我费了很多周折，总算筹办了这么个小饭馆，一可就业，二可积累生活。"

听到积累生活这几个字，张欣突然来了灵感，找到了话茬，她好奇地问："莫非你是网上的那个赫赫有名的牧羊人？"

王盛瞪起双目看着这位刚走出校门被应聘做街道干部的老同桌，依然机敏聪慧，他反问："你怎么会知道？"

"那个初吻只属于我们俩。"张欣信口直言，话出口后觉得脸面热辣辣的。

原来牧羊人的帖子《初吻》里有一段描述，是他们俩当时的亲历，在他俩看来那是一首流淌心田的情歌，是一首甜蜜的情诗。

那真是一段永生难忘的日子，高考后同学们都有一种解脱丝绊，获得自由的感觉，沉积多年的激情终于迸发了。一天，他们班的同学包了个小舞厅，大家近乎于半癫狂状态，跳啊，唱啊，喊啊！旋转的灯光时隐时现，音乐的旋律摇摇滚滚。就在那轻盈的旋转中，王盛突然搂紧了张欣，眸子里像闪动着火花。张欣意识到即将发生什么，她从容地仰起头，就在一霎间，他吻了她，也就在那一霎鼻涕从她的鼻子里涌出，热伤风让她在关键时候难为情。王盛觉得满嘴的鼻涕酸溜溜，咸乎乎，苦涩涩。这筒鼻涕融入他们初吻的激情里，留在他们初恋的记忆里。

没过几天，张欣又来看王盛，可人去楼空，那个羊肉泡馍馆已经关门了。

佳佳和棒棒

春夏之交偶尔郊游，摘撷大自然的气息。

把它夹在书本里，它成了五彩书签，每当星空夜幕，它光彩熠熠；

把它刻入光盘里，它成了五线曲谱，每当朝霞晨曦，它乐曲悠悠；

这气息洋溢着春之朝气，散发着夏之蓬勃。

朝夕相处，它把灵性给了我，我把真诚送于它；

日转月移，我把抚爱给予它，它把灿烂赠给我。

我把友情栽种在沃土里，结出的是香气四溢的硕果；

我把情谊珍藏在胸襟里，生出的是温暖周身的热流。

有一天，在教室里，我忽然感受到一种气息，

这气息竟然与郊野春夏的气息相同；

这气息居然与沃土硕果的香气相似。

它源自哪里？

它源自同桌——那个俊俏、聪颖，又有几分孤芳自赏的女生。

它源自诤友——那个坦诚、直率，又有些许好为人师的女人。

把同桌的气息，诤友的风采镌刻心底，

她会融入我的血液中，相伴走上人生的征程。

气息在笔端流淌，描绘人生的蓝图，

气息在田野飘荡，播种生命的希望，

当岁月从眉梢间翩然而去时，

带走的是灰暗，留下的是璀璨，

那灰暗是惆怅，这璀璨是欢颜。

佳佳每每读到这首散文诗心中就会掀起阵阵涟漪。这是他的男友棒棒送给她的爱的信物。他们的爱是初恋。他们学的不是一个专业，她学生物，他学法律。他们是在图书馆认识的，在不经意中坐在一张书桌上，久而久之成了朋友。毕业好似一把无形的刀将把他们切割开，毕业又似一个拉紧的链条，他们不由自主地拽的更近。在即将分离的时刻他们拧干了缠绵的水分，浓缩了情调的程序，彼此倾诉衷肠。这时期他们的爱纯粹是一种情感的胶着，一种心仪的相许，其间没有杂质，没有附加或者束缚的条件，因此，他们感觉到了初恋的纯洁和甜蜜。棒棒是从边防小城里走出来的，父母都是边防老兵。他虽不英俊，但乐观、豁达，言谈举止中散发着男子汉刚毅的气息。佳佳是个富家子女，他爷爷和爸爸的家族企业拥有亿万资产，又是三代单传，未来对于佳佳是幸福万丈，重担万斤。他们的爱是单纯的，轻松地。他们彼此并不了解各自的家庭背景，他们不希望情爱中融入更多的内容，让他们之间的爱负载过重。

毕业了佳佳父母自然让她留在这座现代化的大城市，留在那个家族企业里。棒棒本来有机会留下，但他最终选择了去当村官。佳佳快疯了，她起初极力反对，后来决意一起到乡下。佳佳情绪跌宕起伏，其中的蹊跷被爸妈察觉到了。他们把棒棒请到家里，希望他留在他们的企业里。棒棒婉言拒绝，他执意下乡去经历一段磨砺。其实佳佳的父辈们很欣赏棒棒的作为，他们希望他说服佳佳留在城里，家族的企业需要她。于是棒棒就送给佳佳那首散文诗作为他们的定情之物。

棒棒如期去了乡下，在一个二百多户人家的村子里当了个代理党支部书记，一年多来，他付出辛劳，修了路，打了井。每当佳佳在电话中夸奖他时他总是说领导厚爱拨了专款，村民们心齐劲足。但佳佳在言谈话语中也能感受到他有一种成就感。说到今年的麦收，他就更兴奋了，一首自编的歌曲脱口而出：

金色麦田金浪翻，

层层浪里歌声传，

歌唱盛世丰收年，

党的政策金光闪。

佳佳只知道棒棒喜欢写诗，没想到他的乐感这么好，那激扬欢快曲调悦耳上口，她从音乐的旋律中感受到一种乐观豁达的情怀。听得出这歌是流淌于棒棒的心源，是一种纯情的喷涌，他的感悟在田野里，在村民中得到了升华。她由衷地为他高兴。

接着棒棒神秘地说，我在路上截了两天没截到一架收割机，人家那些富裕庄出价高都领走了，可是第三天三辆收割机同时开进了我们庄，说是已经付过钱了，白干。村民们乐开了怀，可是问收割机手是谁让他们来的个个都闭口不言，是谁付的款至今还是个谜。佳佳只是笑，说棒棒福相贵人相助。从佳佳的笑声中棒棒找到了答案。佳佳只好承认是她通过网络成就了这件事。

过了些时日，棒棒给佳佳寄去一首新诗。诗名是《庄户院里的响声》。

一个声音破土而出，

它微弱得难以辨认。

一老夫，

满脸刻画着五线谱。

那声音，

石榴花

像鲤鱼跳龙门
纵身潜入皱纹里。
一曲金色的歌
酝酿于嫩绿的禾苗。
一个声音飞出鸡窝，
它张扬的像个宣传家。
一老妇，
尖尖脚板如同生风。
那声音，
像晃眼的银子，
温柔地躺进篮子里。
一颗致富的心，
储蓄着一个小银行。
一个声音在荡秋千，
它清脆的像鸟儿鸣。
一少妇，
白皙脸庞绽开花朵。
那声音，
像和煦的春风，
悄然融入笑容里。
一个灿烂的梦
寄寓于幼小的心灵。
一个声音出了城镇，
它欢快得让人心醉。
一民工，
黝黑肩膀背着行囊。
那声音，
像喳喳的喜鹊，

推开久别的宅门。

一个普通的家，

拨弄着来年的算盘。

佳佳不仅读懂了诗的内涵，也读懂了棒棒的心，他对于乡村民众有着醇厚的情感，他的心境单纯明净，他的追求高尚无私。她受到启发征得爸爸的同意决定找棒棒进行实地调研，商讨开发项目，或许能为农村发展做些工作。

与太阳共浴的男人

夏天的海滩像跳动的乐章，似彩色的画卷，人们沉醉在乐章里，欢愉在画卷中。

田浩沿着海滩漫步，他大学毕业了，来向大海告别。这个一米八几的小伙子在城市里学习了四年竟然没去掉土腥味，质朴、勤奋、睿智和豁达构成了他个性的基本要素，人们都称他是个怀揣阳光的青年。波光粼粼的潮水把他的思绪推到一条儿时戏耍过的河汊。那河汊流淌了几千年，它源自群山峻岭，流向大海。那河汊是沿线老百姓的命脉，他们祖祖辈辈靠着它繁衍生息。田浩记得就在这河汊里他曾与太阳共浴。那是一个早晨他到河边割草，突然发现河汊中金光闪闪，那是太阳下河了，他曾听老人们说过太阳曾到这里洗浴。于是他脱了个精光跳进水中与太阳共浴。他兴奋地泼水、打旋、蹦高，那飞溅的水花眨着金色的笑脸，像是太阳在与他嬉闹。打那以后他的心里就有了一个伙伴，太阳成了他的朋友。

突然，一个女人的谈笑声打断了他的思路。那女人的声音有一种家乡浓香，像醇酒一样，听了就醉人。他循声望去，一把太阳伞下成直角摆着两个冰柜，冰柜后面站着个年轻的女人。那女

99

人好像认出了他，喊了一声："田哥！"

他们是同村人，女人叫柳叶，记得儿时他们俩曾与太阳共浴过。那一天一大早，田浩背着粪筐在村头转悠，庄户人家的孩子打小就懂事，捡了粪便喂庄稼。这个五岁多的男孩站在那里还没粪筐高，往往是一无所获，但庄户孩子就是这种生活习惯，有枣没枣打一竿子。忽然听到有哭声，他顺着哭声找到河汊边，看见邻家小妹柳叶站在河里哭泣。原来她想趁早晨没人到河里洗浴，因为白天这里是光腚小子们的天下。没想到一只螃蟹夹住了她的脚指头。田浩从她的脚丫上揪开那只螃蟹，柳叶抹干了眼泪。这时候太阳也下河了，在金灿灿的河水中两个人追逐戏耍。突然听到雄鸡鸣叫，柳叶赶紧跑回家，要帮妈妈烧火做饭。她的身影像一抹彩霞飞舞着，留下一串串笑声。

田浩惊奇地问："什么时候进城的？"

"你出来读大学的第二年我就进城打工了。"柳叶说着打开一瓶可乐硬塞给田浩。可乐飞溅着泡沫润滑着田浩的喉咙，说实话长这么大他还是第一次喝这种饮料。

柳叶指着在一块草席上酣睡的胖小孩说："这是我儿子，已经快两岁了。"

"他爸爸是你初中的同学。"

正说着那边一个小伙子搬来一大箱冷饮。

"少见，稀罕，在这里遇上你这个当年的高材生，真是荣幸！"那小伙子惊喜地说。

他小名叫二蛋，调皮捣蛋全校数一数二的，可学习成绩也是倒数一、二的。人家进城扑棱得不赖，日子过得还红火。

"大学毕业了吧？"

"嗯。"

"在城里找工作了？"

"没。"

"明天到家里坐坐，看看我们买的二手房。"

"明天一早我要乘车到乡下应聘村官。"

小两口目瞪口呆。

三个人聊了一会，田浩告辞了。他踩着阳光铺就的沙滩，迈着坚实的步子走远了。

望着他的背影柳叶不住地咂嘴。她说"当个村官有什么前途，这不忒可惜了吗？"

二蛋反驳："头发长，见识短，说不定十年后他就是这个城市的一把手。"

情愫的话题

一日，马骏和吴皓谈到了情愫这个话题。

情愫是有色的，其色彩因人而异，就像彩虹一样由红橙黄绿青蓝紫组成了彩色带。马骏一直坚持这一观点，他认为自己的情愫是绿色的，属于环保型的，无污染无公害。大约从中学时期在他的情愫里就有了一个秘密，这秘密像一粒种子，开始只在情愫的一隅，逐渐地占据了中心位置，开始发芽，竟然长出了一个嫩绿色的花蕾。他特别珍爱这个花蕾，视她如同生命。

吴皓说："你还是个未长大的孩子，那种少男少女朦胧时期的情感居然还未消退，看来你的情愫还处在发育期，要想得到升华，必须端正对贞操的认识。你所谓的无污染的花蕾，实际上是对贞操的一种诠释，当今社会贞操已经成为戏言，现在流行的试婚已经向贞操宣布拜拜，请问一个二婚的女人与一个未婚的女人哪个更单纯？起码二婚女人性伙伴相对单一，而未婚女人就很难考究她曾与几个男人试过婚。反之，男人也是如此。"

马骏问："你的情愫如何？"

吴皓认为情愫好比地球的气候带，可粗略地分为热、温、寒三个带区。他自豪地说："本人属于热带区，不偏不倚正在南北纬线上绝对是超热型，我的情愫里只有炙热的烈燃，最大的特点是融化，不管是属于哪种情愫的人遇到我都会被融化。"

马骏笑道："你的情愫可以与男性激素画等号，在女人问题上你有真情吗？"

马骏说这话是有依据的。还在大三的时候吴皓就与本校的一个女研究生同居过，后来那女研究生出国了，尽管他沮丧了几日，可不久他又寻到了一个他称作老乡的小女子，那女子是个打工妹，仅有初中文化，他们热乎了几个月他就把人家甩了。据说近期他又有了一个新女人，是一个有家室，有孩子的教师。

马骏警告他："当心你这赤道多雨的情愫，泛滥成灾把你自己淹没了。"

马骏情愫中的那朵嫩绿色的"花蕾"，是他同窗六年的中学同学，她的模样虽不出众，但她恬静的性格，悦耳的音色和散发的气息经过日积月累在他的心目中扎下了根。高中毕业后，他们各自进入了不同的大学。大学毕业后，在一次招聘大会上他们相遇了，他们交往频繁，彼此都有了对于情爱的期盼和憧憬。他们约定近期见见家人，向父辈们挑明彼此的关系。

大学毕业后马骏在一家合资企业做技术工作，工资虽然不高，但他精打细算，每月还有存款。这天他开了工资后兴冲冲地向银行走去，在一个拐角处突然有个男人撞在他怀里，那人同时把一个女式手提包塞到他手里，瞬息间消失在人海里。几乎在同时银行的两个保安扑了过来，一把扭住马骏不放。马骏被带到银行，那里一个老年女人正在哭哭啼啼，当她见到那个手提包后，狠狠地朝马骏脸上扇了一个耳光。女人打开钱包发现里面的现金不见了，就要求搜身，他们不容马骏解释，硬是从他的内衣口袋里翻出两千八百元钱，这数目竟然与那女人被窃的数目相同。

在派出所里，民警正在审讯马骏，突然见吴皓进来了，起初马骏以为来了救兵，还没来得及打招呼他就被带到另一房间去了。

银行的监控录像中的作案人与马骏衣着相似，马骏一时又找不到不在作案现场的证据，他的情绪非常沮丧。公安人员调看了有关资料，没有发现他有作案记录，又听了他的述说，决定让他找个保人保他出去，随时听候审查。马骏的花蕾来了。他感动得热泪盈眶。

第二天，公安解除了对马骏的怀疑，他们通过监控录像辨认出作案人的真相。他被老太太拿走的两千八百元钱也如数还给了他。

马骏心中的"花蕾"要带他引见家人。路上他俩开始了一段情愫的对话。"花蕾"问："还记得我们第一次交流吗？"

"记得。那是在美术课上画水彩画，我忘记带调色盒了，你把你的调色盒推到了课桌中间，用眼睛示意共同使用，我们克服了彼此的矜持有了第一次交流。"

"花蕾"会心地笑曰："调色盒有明显的分界，你用的那边花里胡哨，我用的那边洁净明快，可你的画面清晰，我的画面却乌涂。你得了满分，我仅及格。"

马骏问："那个夹角你还记得吗？"

那是在一次期中考试时发生的事。一道求证斜边的几何题应该是唾手可得，但突然像电路跳闸一样，马骏觉得眼前漆黑一团找不到归途。花蕾是他的同桌，她好像心有灵犀悄悄地在桌子上画了一夹角，马骏茅塞顿开，先求证夹角，斜边自然显山露水。可就因为这个夹角让监考老师逮个正着，差点取消了他俩的考试成绩。同桌说："其实你的几何成绩是很优秀的，平时作业我经常请教你。"

马骏问："还记得那年秋收吗？"

　　学校有个传统项目每年要组织学生到城郊农村参加农田劳动一星期，那年他们班帮农户收玉米、谷子。女生都安排在老乡家里，男生就住在马棚里。马棚里铺着麦秸，麦秸上面再铺上学生自带的塑料布和被褥。马棚没有门窗，傍晚下起雨来，马骏的铺位正在风口上，雨水不停地往里溜，正在犯愁的时候花蕾送来了她的花雨伞。秋雨拍打着雨伞好像在讲述一个童话故事，马骏的梦乡里添了几分甜蜜和温馨。

　　"花蕾"说："那次所有的女生都把自己的雨伞送过去了，马棚外面一溜花雨伞还真别有一番风情。"

　　"花蕾"问："还记得你帮我练习跳鞍马吗？"

　　她面对鞍马就如同面对一座山，挺高的个子愣是跳不过去。眼看期末考试了这个坎非过不可。课余时间马骏就充当鞍马双手抓着小腿躬着腰埋着头，让花蕾从身上跳过，她逐渐找到了腾跃的感觉，考试成绩达到了优秀。马骏说："那时候同学们没少拿我们俩开涮！"

　　两个人开心地笑了。

　　来到"花蕾"的家，见到她爸妈，其乐融融。

　　马骏的花蕾绽放了。

　　吴皓还在与公安人员进行情愫的对话，他陷入破坏军婚的旋涡。

对　称

　　王宏与他的妻子郝芬本来是一对感情不错的夫妻，但是最近一段时间俩人闹别扭了。起因是两个人的审美趣味发生了分歧。

　　在家庭布置上，郝芬讲究对称，她的理念是家是个温馨的港湾，家庭中各种物件的摆设要有平衡感，要达到平衡就必须把对称作为一个总体标准，只有对称了才能有舒适安逸的氛围。而王宏却不然，他认为对称是呆板的同义词，会窒息人的灵感。他经常把本来妻子费心劳神置放好的物件重新摆设，于是就有了争吵。

其实他们审美情趣的形成是有客观原因的。妻子在车间工作，那摆动的车床和单调的响声让她无论视觉还是听觉都有一种无法拟制的疲劳感。她对于家庭饰物所形成的结构和产生的节律自然追求的是一种平衡的效果，这欲求顺理成章。丈夫从事的是艺术创作，这个行业倡导的是出新，要出新就不能四平八稳，要打破平衡，跳跃思维。他希望家庭布置的跳动感，线条和形体的不对称能激发思维的源泉也顺乎常情。

前几日，妻子在客厅影视墙上挂了几个精巧的小动物饰品，起初丈夫看着那栩栩如生的手工制品很是赞赏，还夸妻子有眼力。但他反对各种动物悬挂的的位置，两个人话赶话吵起来了，一个要对称，一个反对称。

丈夫拗不过妻子，索性离家出走。三天后他带回一个女子，妻子见那女子苗条的身材与丈夫骨干的身躯觉得匹配，再比较自己肥硕的体型发现自己与丈夫之间原本就是不对称。

苗条的女子是丈夫的同事，她的现身说法收到了效果，达到了目的。

妻子挽着丈夫的臂膀走在大街上，大街上增添了一幅动态的不对称的图画。

备　份

刘江的妻子心里犯了嘀咕，她老公近一段神秘兮兮的好像有什么事瞒着她。

他们夫妻恩恩爱爱是出了名的，谁都知道刘江对妻子真是百分百的诚心。他的妻子既贤惠又温柔，两口子过得甜甜蜜蜜。他们俩经营了一份产业已经有相当的规模，可观的效益，富了，有钱了。富了靠的是什么？刘江的妻子归纳的透彻，她认为靠的是一种思维定式，这定式绝对是致富的秘方，概括说两个字，即备份。展开谈包含的内容就多了，如充分的准备，反复论证，不做无把握的买卖；留一手，有退路，能伸能屈，能进能退，保证游刃有余。这个思维定式是逐步形成的，起因于一次家务事。一天家中天花板上的电灯不亮了，刘江登梯子上去查看，没想到那金属的梯子竟然坏了，把他摔得不轻，由此他得到一个启发，用具必须有备份。于是家中的日常工具如钳子、扳手、剪子等都是成双成对的，后来办企业时认识有了不断升华。

　　妻子觉得前一阵子好几档子事太棘手，忙了，可能对老公稍有疏忽，老公在忙啥？于是就驱车要到公司找刘江聊聊。可就在公司门口她看到老公与一个穿戴时尚的女人说说笑笑地进了汽车。她的脑子轰的一声炸了，莫非他有了外遇，他那思维定式有了新的延伸找了个备份女人？她盯梢了，跟着老公的车来到一个五星级宾馆。她没有贸然跟进去，在远处停下车，耐着性子等。凭直觉那女人不是企业圈内的人，她不是公司的客户，以往公司有女客户来访时老公从不陪请都由她代劳。她一向对男人有钱就变坏的说法颇有微词，可今天她好像找到了感觉。

　　老公把那女人送到环球咨询公司门前便自去了。妻子进了环球公司想正面近距离接触那女人。刚进大厅就听到一个女声喊她的名字。她环顾四周只有那个女人冲她微笑。那女人靓丽优雅，笑眼迷人。是谁，怎么不认识？

　　不认识了吧！我是你的师妹，当年的丑妮。她这才想起那个全校最不养眼的女孩，可后来她去了国外，难道喝了几年洋墨水就变形了。她坦言在国外做了整形手术。

　　刘江妻子心想，老公找备份的女人也该找个真品，一个赝品也太没品味了。

两个人寒暄了一阵后，师妹对她说你老公有一个很前卫的构思，他来咨询过我，正在探讨可行性，不过现阶段还保密。刚才我领他去见了一位外国专家，进行了更深入地探讨。

在她的再三纠缠下，师妹从公文包里取出一份意向协议书。原来她老公想利用克隆技术让夫妻俩有个备份，延续他们的爱情。老公这构思感动得她热泪盈眶。

情人节送耳光

今年的情人节，总编刘韵照样挨了他老婆的耳光，尽管这已是人们茶余饭后的笑谈，可他挨耳光的由来，却鲜为人知。说起来也有段历史了，那还要追溯到大学时期，一天傍晚刘韵和他的女友在校园里散步，看到平静的湖面上两只天鹅相依偎的样子，他好像得到了一种最原始的感悟，瞬息间产生了一种冲动，迅疾偷吻了女友的脸。那个年代在公共场合男女之间拉拉手都被视为有伤风化，更何况刘韵这大动作，大手笔哪。对这突如其来的吻，他的女友第一感觉是羞臊和愤懑，于是乎往刘韵的脸上扇了一耳光。这耳光打的他疼得捂着半个脸支支吾吾地叫。女友意识到出手重了，赶忙抚慰他，对着他的脸又是吹气又是抚摩的，那个亲昵劲就别说了。正是这一耳光确定了他们的终身大事，使他们跨入婚姻的殿堂。这一耳光在他们夫妻生活中有着重要的意义，为了永久的记住那美好的时光，珍惜那淳朴真挚的爱情，他们在每年的情人节，不送花，只送耳光。那可不是一般意义上的扇耳光啊！要有一个正式的仪式，很隆重的。

副总编孔诚经过仔细分析，觉得刘韵夫妻的耳光有术，既增进了夫妻感情又省下了买花的开销，热闹节俭，一举两得，可以仿效。他的老婆是出版局宿舍有名的人物，智商高，特聪明，人称一个灵字。当她得知孔诚的意图后，那真是心有灵犀，她琢磨着送耳光既然是爱的表示，那应该是爱之越深，下手越狠。正是这一主导思想，那耳光扇得孔诚脸面胖肿。

"副总编你怎么成了酷胖了？"两个靓丽女编辑乔苒和烨孜不约而同地问。副总编是个实诚汉子，他把夫人送耳光的经过一五一十地告诉了她俩。她俩既觉得解气，让你对我们编辑的稿子总挑三拣四！又觉得疑惑，怎么爱能打成这样？怜悯之情油然而生。可副总编谈起耳光却有着一种从未有过的兴奋，他赞叹道："情人节送耳光妙哉，美哉！"

乔苒问烨孜："你没受到启发吗？"

"有啊！"

"那就赶快行动吧！"

两位摩拳擦掌，跃跃欲试要找人送耳光。正在此时，办公室的门吱悠一声开了，那个帅哥记者来了。俩人挽起袖子冲了过去。

慢！停！这耳光可不是什么人都可以送的，你再看看帅哥记者的脸都快成紫茄子了，还能再扇吗？他今天恐怕是掉入情人窝里了。

妻子的爱

家树四十出头的人了，自家的公司，自己做老板，干的得心应手。

国外有个商务会议，他准备好了各种材料，过几天就要赴会。眼下遇到一个棘手的问题是他的秘书兼翻译病了，正在发愁的时候，妻子来电话了，她推荐新来的女职员姗姗随行，理由是她的商务英语不错。姗姗是某男科医院的高级大夫孙鸿的干女儿，孙鸿通过家树的妻子把她推荐过来的。当时公司正在招聘职员，与姗姗同来应聘的还有一个英俊小伙，按实际水平小伙的本事在姗姗之上，可由于妻子事前打过招呼，也就只好聘用姗姗了。后来才知道那小伙是姗姗的男朋友。家树对小伙的印象很深，总想找个机会把他招进来。一天，他问姗姗与小伙的关系发展到什么程度时，姗姗打了个比方说，有的诗人作诗时开头就是一个啊字，至于下面到底写些什么还没有想好。她与小伙之间的关系目前就是一个"啊"字。

　　家树带着姗姗飞到了异国，与大多数人想象的一样俗套，两个人发生了不该发生的故事。那是在临回国的前夜，为了庆祝公司历史性的突破，首次成功的拿到国外理想的签单，他们在寝室里举杯把盏，家树对姗姗赞不绝口，说亏了她的口才赢得公司的荣誉。姗姗听到老板的赞誉格外兴奋。俩人的酒量都有限，点到为止也就罢了，可他们过量了，过火了，过劲了。事后他们都很后悔，因为一夜的激情，彼此间那种单纯的上下级关系，突然变得复杂了。姗姗是个有抱负的人，她要通过自己的翅膀获得腾飞，不愿意掉进污泥里再挺拔，她从心里忏悔那一夜情乱。家树不是个好色之徒，他爱妻子，甚至有点依恋妻子，两个人在同甘共苦中结下的情爱是深厚的，他懊恼那节外的激情，诅咒自己灵魂中的魔鬼。从此姗姗与家树视同陌路，相互回避着。

　　两个月后，出现了新的插曲。姗姗突然急匆匆地对家树说："我怀孕了！"

　　家树很惊愕，瞬息间在他大脑中的第一反应是敲诈，在商业交往中他最痛恨的是敲诈，敲诈这个字眼已经深深地烙印在他的大脑中，在感情问题上他也顺理成章地运用了商业思维的逻辑，他非但没有一丝的关爱之心，反而冷漠地问道："与谁怀的？"

　　"还会有谁？"

"我是一个没有生育能力的人，怎么会让你怀孕？"

紧接着他补充道："莫不是你的那个'啊'吧？"

姗姗把医院的检验单摔在家树的办公桌上，转身离开了，眼里含着泪水。

家树觉得说话有点直白了，或许应该婉转些，或许应当给她些补偿。当他去找她的时候，她已经不辞而别了。

没有人知道她去了哪里，就连她的干爹也不知道。

三年后的一天，姗姗突然出现在家树面前。看着她憔悴的样子家树简直不敢相认。她没有诉说三年来的经历，因为她不是来获得他的同情的，她是希望他救救自己的儿子。她在愤懑中离开了公司，回到了妈妈所在的那个南国小镇，妈妈因为母女俩的命运极其相似而失声痛哭。姗姗的那个所谓干爹就是当年那一夜情后她的生父。妈妈辞别了大城市，来到一个边远的小地方，一个人把女儿拉扯大。她的家族是摩门教徒，教义不允许打掉身孕。姗姗生下了儿子，这个新生命给母女俩增加了负担，也带来了欢乐。可是儿子得病了，得的白血病，为了救命姗姗来找家树。

家树态度温和地说："我可以资助你。"

姗姗无语地流泪。

家树又说："请问孩子的父亲在哪里？"

姗姗看着家树，那责备的目光让家树感到不安。"难道你不相信我是个没有生育能力的男人吗？我们可以做亲子鉴定。"

为了掩人耳目，避免造成不良影响，他们在极其保密的情况下到外地一所有名气的大医院做了亲子鉴定，结果证明，那孩子是家树的儿子。在悲喜交加中家树用自己的骨髓救了儿子一命。

家树曾经渴望过有一个孩子，但是医生鉴定他无生育能力。这个鉴定是怎么作出的呢？看着丈夫郁郁寡欢的样子，妻子向他做了忏悔。原本是妻子患有先天性不孕症，她爱家树，怕失去他，怕一个美满的家庭破碎，她通过多方打听，发现孙鸿大夫的小娇妻正是她中学时期的同学，就送厚礼让她说服丈夫出了个假鉴定书。

寡妇楼

最近，某高校宿舍寡妇楼里发生了一件奇闻，把个寡妇楼震得乱颤，尤其那些寡妇们都惊呼，原来婚姻可以这个样子！

所谓寡妇楼其实也就是一座极其普通的小板式楼，楼层也就四层，总共才八十多户人家，可其中寡妇就占了三十余户，因此，人们戏称该楼为寡妇楼。这楼里的三十余户的寡妇分成老中青三个年龄档次，老的大都是自然淘汰，老伴被上苍带走了，自己苦苦的熬日子。其中最有资格的是八十二岁的刘老太，她四十出头就守寡，如今孙子都大学毕业了，她还是独守空房，个中的滋味只有她才能体味到。中年的情况就复杂一点，有的因男方官当大了嫌弃女方土、丑，另寻他欢。也确实有个土和丑寡妇，她面如贴锅玉米饼子，长长的，黄黄的。她似乎很讲究穿戴，可总是弄的不伦不类，上下身不是衣着色彩不协调，就是款式不搭配。不了解情况的人会同情他的男人，其实那男人五短身材，头如铁球，谁见了都会产生摘下来投掷的欲望。这俩人本来是很般配夫妻。如今男的做官抱美人去了，而她为排解孤独和寂寞常常跟旅游团游走四方。有的是因屁大的事闹家庭纠纷而离异的。都说年轻夫妇不能与老年人一起生活，也确实有一定的道理。有个副教授快六十了才把家眷从农村接过来，一家人保持着一种勤俭持家的传统习俗。女婿是个工人，性格内向，脾气耿直，自打做了上门女婿后有什么重活累活都抢着干，一家人过得还算和睦。可那小子下身欲火过旺，他听工友们说要多吃鸡蛋不断补充蛋白质才能保持持久。因此，他常常在一家人开饭时自己单煎个鸡蛋吃，起初副教授老两口只是给个脸色看，后来就提出质疑，与女婿争执不休，媳妇自然站在爹娘一边。就这样那女婿被扫地出门。他媳妇带着一个不足三岁的女儿过生活。期间有人曾给她介绍过一个县太爷，可那县太爷嫌她腰太粗没线条。其实她从小在农村长大，农田里的脏活累活都干过，庄稼地里塑造了她壮实的形体。如今爹娘已经故去，女儿已经上大学了，她依旧寡居。前些日子她患了乳腺癌，把女人最有标志性的那部分割除了。青年寡妇基本是婚外恋造成的。有一对夫妻恋爱时风风火火的，两个人都在学校里供职，同属于工人编制。女的高挑的身材，杏核脸面，棕色皮肤，人送绰号黑珍珠。可那女人患有一种疑难症，那男的不顾家庭反对，陪着她四处求医问药，有一次因为旷工差一点被开除公职。后来女人的病医治好了就嫁给了他。没想到婚后两年一个打工妹挺着个大肚子找到家里，要求她丈夫公开他们的恋情。这个打工妹除了皮肤白皙以外，其体型相貌与那男人的法定妻子属于同一类型，几乎就是一对黑白孪生姐妹。打工妹在学校办的大酒店做服务员，那女人的丈夫在这里做管理事宜，因为偷情而怀孕，因为怀孕而婚变。

其实寡妇楼里每一个寡妇都是一本书，那书里的故事都包含着酸甜苦辣。

最近，寡妇楼里发生了一件婚变故事，出人意料，千古奇缘。这三楼和四楼住着两对小夫妻，彼此交往甚密，关系极好。可是这两家各自过得并不舒畅，在外人看来都像霜打的茄子——发蔫。其实他们彼此都很清楚个中的原因，女人之间，男人相互都交谈过。原因出在本能的需求上具有很大的差异，一方男的是爆发型，如洪水猛兽，来势迅猛，似雷霆万钧，天塌地裂，但来得猛去得快，而女的却属于慢热型，要小火微烘，轻抚细揉，配以甜言蜜语才能得到满足。两个人在弄潮的时间上和形式上存在很大的差异，久而久之成了心理负担。另一对夫妻在性表现形式上与他俩正好相反，男的如抽丝，女的似决堤，久而久之产生了性厌恶情绪。

忽然有一天，两家四人同时出现在民政部门，各自拆散了家庭，又同时组织了新的家庭，每个家庭的男女主角互换，四个人堂堂正正地举办了一次婚礼。这桩婚事震惊了寡妇楼，震惊了媒体。

也有人戏称他们的举动避免了一对寡妇的诞生。

偷　情

刘处长是个名人，菜市场无论卖什么货的人都认识他。他住在单位新建的一栋楼里，与市场一墙之隔，出了小门就是市场。他性情温和，见了人总是乐哈哈的，在单位上正春风得意，四十刚冒头，一溜小跑提拔成正处长了，分管人事部门。在市场上人人都称他刘处，夸他是模范丈夫，人们从未见过他夫人来过菜市场，凡采购事宜都由他亲自操办，有人说他是金屋藏娇。其实他夫人也是个头头脑脑的人物，只不过单位离得远，早出晚归顾不了家事。

这天刘处提着菜篮子来到市场上，在一个卖鲜果的摊位上停下，那卖鲜果的男人就问，刘处怎么好些日子没来了，他旁边那个卖干货的妇女也插科打诨，是啊，是啊。但当看到他左头颅上那道月牙形的带着猩红血迹的伤痕，就不再问了。刘处平时是留长发的，黝黑铮亮的头发怪酷，可如今却是小刺头，显然因那伤痕曾被剃了光头。

刘处这月牙形的伤痕像带着一个故事在菜市场上不胫而走，本来是极私密的一段风流韵事，却被那些记恨他爬得太快的同僚添油加醋的传到市场上。

　　刘处绝非好色之徒，那段风流事纯属偶然，说是风流韵事充其量也就算是准风流韵事。他夫人进京开会有几天了，这天他的邻居一个全部风韵都缠在腰部，走起路来扭呀扭的女人请他到家里吃饭，那女的是另一处室的职员，她请他纯属邻里交往，不过多少也有点同情心所左右，女人有时候会把同情之心升华到博爱的高度，进而付诸行动。她对于刘处的菜篮子工程颇有感触，就想请他撮一顿，了却一种怜悯的心思。在邻人家里刘处似乎感到一种小溪流水哗啦啦的恬静。这么多年来他好像第一次吃到女人做的菜肴，心里有很多感叹，酒喝多了点，天又热了点，他脱了衣裳，赤裸着上身还喝。那女人也晕晕乎乎的衣襟不整，一对白皙的乳房敞露着。正在这时女人的丈夫回来了，他是个司机刚从外地赶回家，见状怒不可遏，拿起酒瓶子就打在刘处的头上。刘处当即倒在地上，头上血流不止。这女人的丈夫是个胆小怕事的人，既怕出了人命，又怕家丑外扬。这时候他反而冷静了，他翻出块白布给刘处裹在头上，背起人就往医院冲去。

　　司机两口子统一口径就说刘处不小心撞在消防栓上，他俩正好碰上了，就做了件助人为乐的事。

　　可市场上却传的是另一版本，说是刘处与那女人正在床上偷情，被那女人的丈夫逮了个正着。

　　那卖鲜果的男人对卖干货的女人说："那刘处看面相就有艳福。"

　　那卖干货的女人说："看把你羡慕的，有种你也风流一把！"

　　天擦黑了，收摊子了，可那卖干货的女人柴油三轮车坏了，他只好求助于卖鲜果的男人。他们两家是邻村，只有二里路之隔，顺便捎个脚而已。再说了他俩在这市场上也有好几年的交情了，这个忙能不帮吗？

　　女人把她的车寄存在市场管理处，搭乘卖鲜果男人的车一溜

烟地回家了，卸完了干货后，女人留他喝两口。开始俩人还若无
其事的聊刘处的事，后来酒喝多了，有了一种莫名的冲动，两个
人情不自禁地抱在了一起。这男人像座铁塔，浑身都是肉疙瘩，
浓眉大眼里既透着商人的精明，又不失农民那种憨厚。那女人瘦
高挑身材与杏仁脸庞搭配的恰到好处，是个典型的乡村美妇坯
子，头上那条碎花纱巾似标志性的饰物，一看就是卖鸡蛋起家
的。他俩摊位相邻，一年四季几乎每天都形影不离，彼此熟得透
透的。往日他们可没有非分之念，彼此处的很单纯，今天，刘处
的风流传闻像钻进肚子里的兔子，挠的他俩心里怪痒痒的。

那女人丈夫在外地打工已经多半年没回家了，由着他两个人
作孽了。

外　遇

雯雯的好友告诉她，说昨天在城西看到她老公与一貌美女子
手拉手走在大街上，与她碰了个正面，却装作不认识，匆匆拽着
那女子钻进了出租车。昨天是星期天，雯雯本来与老公约好了一
起去看婆婆，临走前老公变了卦，说突然想起星期一要上报的一
份文字材料中还有两个重要的数字没统计清，要到单位加班。她
知道老公从事的是文秘工作，单位的一些重要报告和领导们的讲
话稿大都出自他的手，同事们都戏称他是一支笔。他加班加点是
常有的事，因此雯雯并没有介意，独自去看婆婆了。雯雯与老公
是经过两年多的恋爱后才步入婚姻殿堂的，在她看来他们感情就
像甘泉一样清澈流畅，彼此的信任是经过日积月累黏合在一起
的。当她听到好友的密报后怎么也不相信，她甚至质疑女友是不
是看错了人，但是她的女友是她与老公牵线搭桥的红娘，她为人
处世稳重严谨，没有谱的事她不会瞎说。特别是当雯雯回忆起老

公曾经说过他的初恋就在城西时，顿时觉得心里疙疙瘩瘩的。

雯雯的老公照旧对她体贴入微，每天回到家里第一件事依旧是给她一个热烈的拥抱和亲吻，她试图在老公温存的过程中察觉到敷衍和冷漠，哪怕是一丝一毫，但是他依旧热烈和认真。这倒让她觉得更苦闷更疑虑。

雯雯的一声叹息，让婆婆看出了她郁闷的心绪。婆婆与她的感情很深很真，视她如亲闺女一般，娘俩无话不说。她憋在心里的疑虑和苦闷都端给了婆婆，本希望在婆婆这里得到释怀和宽慰，获得一个定心丸。哪承想婆婆听后陷入深思，好像眉头间的皱纹里飞出一团愁云萦绕在空气中。雯雯觉得婆婆心里也在叹息，她知道那年的一场洪灾冲垮了婆婆的家，她失去了丈夫，一个人带着不满三岁的儿子流落到城市里谋生，经历坎坷，含辛茹苦实在不易。看到婆婆一脸的凝重，雯雯后悔了，她意识到自己有能力摆平丈夫眼下这点事，不该打扰婆婆。

听到窗外喜鹊喳喳的叫声，婆婆突然绽开了笑容，她安慰雯雯不要多虑，她相信自己的儿子有很好的德行，不会做出格的事。

过了几日，公司派雯雯到城西办事，她下了公交车正要穿过公园时，发现一个酷似丈夫身影的男人挽着一个苗条女子边走边聊，亲亲密密。她的心里一激灵马上悄悄跟踪过去。走着走着，那两个人不见了，却发现婆婆突然出现在她的视线里，莫非婆婆也在跟踪？雯雯正在纳闷的时候，婆婆好像也发现了雯雯。婆媳俩走到了一起，婆婆肯定地说那小伙子是我儿子，但不是你对象。这话把雯雯说糊涂了，婆婆不就一个儿子吗，怎么听起来好像有俩？唉！这事说起来话长了，婆婆拿出一幅褪了色的照片，那是一对双胞胎的合影。婆婆告诉雯雯，那年发大水，大儿子她抱着，逃出来了。小儿子由他爸爸护着，两个人都失踪了。后来在很远的地方救护人员发现了她爸爸的遗体，却始终没有打听到小儿子的下落。婆婆告诉雯雯从她知道自己的儿子在城西有外遇的传闻后，每天到这里来，她相信自己的儿子，但是她要寻找那个被认成自己儿子的人，这个人一直在她的心里，她做梦都在寻找他。

雯雯要与婆婆联手寻找那个被认成自己丈夫的人。

孬 种

玉美在北方一个四星宾馆里被捉奸了，捉奸人自称是个警察。

这个一向本分的南国女人怎么会在一个遥远的地方发生这样的丑事？这里面一定有蹊跷。果然有一段难以启齿的故事。她与老公青梅竹马，夫妻恩爱八年了，却没生过一男半女，虽多方求医，但老公先天性生理缺陷不能生育。他们曾经有过领养一个孩子的想法，也曾咨询过有关方面，但玉美从骨子里就有一种抵触情绪，常常低声叹息。老公理解她的心思，她是希望自己生一个孩子，这是女人的常情，可他却不能满足她最基本的愿望，自然觉得内疚。家庭气氛变得越来越沉闷，让人有一种窒息的感觉，无奈两个人选择了离婚。毕竟是相好多年，有着深厚的感情，他们拟定了一个浪漫的离婚方案，到北国旅游实现他们儿时的夙愿，然后再分手。他俩在东北游历了很多名胜，非但没有分手的欲望，反而觉得越来越亲依依不舍。这天他们住进了一个四星级的宾馆，宾馆的司机对他俩热情周到，从飞机场接来，一直送到房间。小伙子家在农村，还没有女友，笑起来多少有点憨厚朴实，称呼她俩哥嫂怪亲切的。就要回南国了，夜里俩人失眠了。老公突然对玉美说，不能离他舍不得，玉美眼里含着泪花，两个人索性抱头哭泣起来。后来老公迟疑地说出了一个荒诞的，但可以挽救婚姻的方案。这方案令他们难堪，但他们勇敢的面对了。

他俩照旧请那个接他们来宾馆的司机开车在市里转悠，中途老公下车了。司机觉得玉美的心思不在观光上，尽问他的家务事，当得知家父因大病无钱治疗时，玉美也跟着同情地叹息。回到宾馆后玉执意要让司机送她上楼。进了房间她扑通一声跪在司机面前，把她的迫切和他们夫妇的感情诉说给他听，希望得到他的帮助，她愿意给他补偿，支付他父亲的医疗费用。大白天，他们脱光了衣服抱在了一起。突然，房门被打开了，一个自称警察的男人进来了，说是公了还是私了。私了了，罚款了，罚的很多。夫妻俩一肚子愤懑。

他们正准备打道回府，那个警察又闯进房间。为什么哪？他罚了人家的款觉得不过瘾，还想要人家的色。他无耻地说你们不就想借种吗？我愿提供无偿服务。他俩气愤地说，借种也不借你这个孬种。

正在这时那司机领着两个警察进了房间，把那个诈钱诈色的所谓警察带走了，说他是公安追查多年的通缉犯。

会说话的眼睛

筱雅匆匆吃过晚饭准时打开收音机，伴随着轻音乐一档晚间聊天节目像一缕春风沁入心田。这是她办公室的两个朋友推荐给她的一档节目。这两个朋友都是大龄清纯女，其中一个被节目中那些鲜活的故事所感动，另一个受节目中深邃的哲理所启迪，而筱雅却从特邀嘉宾主持人那中低音的音色中感悟到他的形象、性格和气质。她循着他的声音看到了一个修长身材，眉宇间透着书卷气息。他的睿智挥洒着光辉，他的幽默包含着深沉，他的坦荡透视出宽厚的襟怀。当她把自己的感受告诉那两个朋友时，她们开怀大笑，她们笑她有特异功能，想象力太丰富了。

说到特异功能，小雅还真为特异功能困惑过，迷惘过。她学的是文秘专业，开朗聪慧，俊秀靓丽。那是在大学三年级时她参加了学校的文学社，在那里她结识了大伟，一个不善言谈的男学生。讨论问题他基本以听为主，偶尔插上一两句话，带着个浓重的地瓜腔，逗得大家直笑。大伟是建筑系大三的学生，山区来的，个子高大，性格直率，为人谦和，属于温文尔雅类型的。由于他少言寡语所以大家都不太注意他，他几乎是默默无闻。有一天筱雅的目光与大伟的目光相遇了。她突然发现他的眼睛会说话，不是一般意义上的那种情绪情感的传递，目光中发射出来的是特殊的信息符号。这令筱雅感到新奇，她开始注意他的目光，以一种探索的精神研究和破解他的目光信息。有一次她在他的目光里意识到他在休息日要到当地一个有名的风景区去，循着线索找去，果然看到他在山坡上画水彩风景写生。这件事发生后她感到既惊又喜，还有点忐忑。她悄悄地告诉了同班的婕，婕说你们俩有特殊功能。后来她几番检验几乎他目光里的信息她都能破译。终于有一天筱雅把这个秘密告诉了大伟，大伟感到疑惑，他提出以游戏的形式测试筱雅。当他们四目相对后，分别写出大伟目光中包含的内容，结果令大伟震惊，筱雅几乎每猜必中。由于接触多了，目光交流频繁，两个人逐渐近乎了。她在他的目光里找到了纯洁、友谊、善良和睿智。筱雅不仅在大伟的目光里，还在他的诗歌里，绘画里发现他的心中有一条河，他对于河有一种与生俱来的纯粹的朴实的情感，河对于他的影响是根深蒂固的，在他的性格里有一种奔流不息勤奋不辍的气质。在交谈中她得知他的家乡有一条河，那河给两岸带来了生机勃勃，哺育了几百万人，沿河的人祖祖辈辈依赖于它繁衍生息。大伟说他的乳名叫河生，那一年他怀胎十月的娘在河边提水，把他生在河里了，因此得名河生。与他的目光接触，就好像有一股春天的气息，和煦温暖；就好像有一眼清泉，甘甜清澈。有一天她在他的目光里获得了感情表达的信息，他爱她，但她企盼着他能够正式的庄重得说出口，但他没有说。不久临近毕业，大伟投入考研，筱雅忙于就业。筱雅奔波于招聘会和公司、企业，跑来跑去毫无头绪，心急火燎，晕头转向。这天她来到一个台商公司，面试的是公司的老板，此人个头不高滚圆的身材，两只贼亮的目光像两只手一样，在筱雅身上摸来抚去。筱雅周身像招了蚂蚁，脸色烧得绯红。她狠狠地剜了他一眼，那目光像一把犀利的剑向那双手劈去。就在这一刹那，那人目光里闪出成堆的金钱，金钱顿时又化作熊熊的烈火像一头怪兽向筱雅扑来，只见那剑在烈燃中间被融化了，一阵晕眩她觉得两眼发黑。筱雅像做了一场噩梦，突然发起高烧来了。一天大伟来看她，见床头桌上有一份台商公司的录用合同，他替他高兴，但没有特别的祝福。她看着大伟的眼睛，好像有人使了障眼法，她怎么也读不懂他目光里的信息，难道特异功能消失了吗！究竟谁有特异功能？她哭了，只是默默地流泪。大伟是向她告别的，家里来电话催他回去，开学后他就要到另一城市读研去了。她想拥抱她，他想吻她，但既没拥抱也没亲吻，临别时只是互相嘱托保持联系。

大伟走了，一去毫无音讯。那个台商原来是个痞子到大陆与市长和银行行长勾结空手套狼，骗财骗色来了，被公检法破获。

筱雅险些误入泥潭。

时隔几年，筱雅仍然孤身一人，她依然思念着大伟。

电台晚间的聊天节目中那位特邀嘉宾，吸引着三个大龄女子，她们好似找到了一池清泉，那泉水似甘露滋润着干渴的情愫；她们好似打开了一扇窗户，迎来了徐徐春风，温暖着风寒的心扉。他几乎成了她们的电波情人。她们企盼着与情人相会。终于有一天她们见到了他，那是在电台的一个纪念活动中，当介绍说特邀嘉宾登场时，她们三个一阵激动，但当看到他在礼仪人员搀扶下步入会场时她们都惊呆了。这位特邀主持人原来双目失明了。筱雅震惊了，她认出来了他就是大伟，那个眼睛会说话的大伟。他怎么会双目失明呢？原来他家乡的河水被当地一个化工厂污染了，他饮用了后不久眼睛就失去了光感。筱雅泣不成声。

玉帝的尴尬

马力是个汽车司机，是个给领导开小汽车的司机。

这天凌晨他听到自家窗外一阵紧似一阵的喜鹊声喳喳地叫。他心里就犯嘀咕了，能有啥喜事？升官不靠谱，他能保住眼下的这个饭碗就不错了。发财吗？更是戏谈，能保证每月的薪水按时发也就知足了。女人？家里有个知疼知热的媳妇已经是烧了高香了，什么情人和小姐想都别想。

当打开家门时他惊呆了，映入眼帘的是好几尊青铜文物。他赶紧喊来媳妇看，两个人的第一感觉是送礼送错了门。对门是国土局局长，家中贵客盈门，大包袱小提溜的不断。莫非这文物是送给他们的？可为什么置放在咱家门口？忽然，他媳妇发现家中地面上有一封信。那信上写道：圣上，我的好友土地老被钢筋水泥浇注在大王庄那座外商独资的高层建筑里了，恳请营救。这些年他所管辖的土地逐渐被用于工业、商业开发，其范围越来越小，但是他深知大王庄那片土地是当地农民的命根子，无论如何商业开发也不会殃及那里。他太老了，已经是个千岁老人跟不上时代的发展，他又固执己见不听老朋友规劝，时下到处都在打土地的主意，做土地的交易，甚至提出要想富就卖地的口号，哪有他的容身之地！他本该到天堂领取养老金享清福，可他就是依恋着这片土地。就在他打盹的时候钢筋水泥禁锢了他。信的尾声说，今呈上商周时期的器皿略表心意，万望圣上笑纳。落款人是土行孙叩拜。

马力知道信中所说的那个地方，他曾开车多次送国土局长到那里与外商洽谈和实地勘测。那里真是农民的命根子。

马力的媳妇说这信不该是写给你的呀！这土行孙又是何人？他怎么称你圣上？一连串的问号把马力问迷糊了。

猛然，他媳妇笑了，笑得开怀。你的网名玉皇大帝，不找你找谁！

造 河

这是一块不毛之地，干旱让祖祖辈辈的人受尽了苦难。

突然，有一天考古专家在这里发现了秦始皇初婚时的洞房，洞房和大量的文物保存完好。专家称这是世界史上第一洞房，其价值无法估量。从天而降的大喜事，很快得到了上级领导的关注，并特批专款用于文物开发和环境改造。

县长亲自挂帅聘请国内著名专家对于环境改造进行论证，提出了造河方案，灌溉土地，治理干旱，绿化环境。其实离这里仅五十余里就有一条常年奔流的大河，过去农民多次反映开渠引水无人过问，如今沾了老祖宗的光了！

方案很快得到上级的批准，也深受村民的好评。专款到位了，千万民工开工造河。

正在热火朝天的时候，县长被双规了，他挪用了部分专款，投给他小情妇的产业了。

代理县长来了。他也邀请了著名专家论证，否定了造河方案，提出先修路，有财富的新思路。上级肯定了这一的思路。于是千万民工撤下造河工程开赴筑路工地。

石榴花

热风裹着黄土掠过这片土地，当经过那些挖成的沟壑和废弃的造河工地时发出了呼啸，好像在嘲讽着什么。

校门

某高中是省重点学校，教学成绩多年来名列所在省会各校的前茅，升学率无与伦比。学校教学楼几经改造设备齐整，唯独那校门依然是建校初期的本色，几任校长都没动它。它其实是再普通不过了，水泥垛子铁栅栏门。上一任老校长曾假借改建校门的名义，把下拨的资金贴补到实验室扩建上，临退休前挨了个处分。

这一年，从省直机关城建部门调来一位年轻的新校长，传说是个过渡干部，来镀镀金后再提拔。该校长上任后首先朝着校门使上劲了。他利用关系争取到一笔资金，并亲自设计了一个由几何形体组成的不对称的校门，造型新潮，好似火箭腾空，气势不俗。设计图样公布于众，广泛征询大家的意见，好评如潮。他口上说的是校门是学校的门面，关乎学校的外在形象，也能在一定意义上反映出学校的精神气质。当下学校的大门与学校的身份和名气忒不相匹配了。经济发展了，人们穿戴都很时尚了，学校也要时尚一把，与时俱进嘛。心里却揣着雁过留声，人过留名的小算盘。新校门建成了，他还没来得及好好欣赏自己的杰作。就有人写信告他吃了施工方的回扣。不久他被平调到另一城市去了。据说这是干部队伍建设的一种冷处理方式，先调走，再取证，既不伤害无辜，也不放过坏人，又能稳定情绪，缓解矛盾。

很快从宣传部门空降来了一位新校长。他是一个善于玩花架子，做表面文章的人。来到学校他觉得找不到抓手，心里没着没落的。忽一日，他盯着校门来了灵感，建校六十周年快到了，何

123

不在校门上做文章，理由很简单，原校门结构失衡，造型怪异，尤其是触景生情，让人觉得它的创建者散发着一种腐败的晦气，学校是塑造灵魂的圣殿，决不能毒化了下一代。他的调子很高，骨子里却想显示一下自己的才能和政绩，因为自从他来到学校后，学校的教学成绩在滑坡。他在重建校门的书面报告中称如今提倡国学，应该把校门建成青砖绿瓦，红色大门，再配上国学大师题词的匾额，让校门闪耀着古典学府的风采。即将退休的市教育局长阅后，批示同意速办。局长之所以同意重建校门理由也很明确，年终快到了，教育局年终总结重建改建校门一项中正好凑个三位数，这样足以说明有相当多校园已焕然一新，成绩斐然。局长希望退休后给人们留下一个不错的念想。

这天，校长正在监督施工队扒校门，市教育局办公室的电话打过来了，通知他新上任的局长明天要到学校视察工作，让他准备好工作汇报。新局长何许人？当他得知新来的局长正是他的上一任校长后，慌了神，傻了眼。咋回事？不是说他吃回扣了吗？怎么又破格提拔起来了，还是个顶头上司。他急忙与施工方谈判，追加施工经费，加班加点恢复原校门。

人事变更

川市连续发生了两起恶性刑事案件迟迟未破，舆论和市民纷纷攘攘。

丁市长坐不住了，他本来对于公安局长就不满，认为他不贴心，难以控制，正想借此机会把他调走，换上自己的心腹。可碍于市委书记的面子不便提出。他深知公安局长与市委书记的私人关系非同寻常，他是市委书记从下面带上来的，曾干过他的事务秘书。

丁市长挖空心思想出一个万全之策，把公安局长调政法委干副书记，虽说是平调，但毕竟是上级领导机关，说起来好听。再说了政法委归书记分管，把书记的人交给书记，物归原主岂不妙哉。他这一招好似给书记嗓子眼里扎了一根鱼刺，吐不出咽不下。在电话中书记沉默了好一阵子，才答应纳入明天常委会议题。

就在当天夜间，公安局长把丁市长堵在市宾馆里抓了个现形。丁市长与宾馆女经理在床上赤裸裸的被公安局长逮了个正着。其实丁市长那点婚外花花事公安局长早就一清二楚。丁市长上任不久就把他原来所在城市一个发廊的年轻女子安排到是宾馆做了部门领导，继而又提拔为经理，其中的猫腻哪能逃过公安局长的眼睛。

凌晨，书记接到市长的电话，建议撤销调动公安局长的议案，理由是政法委副书记只不过是个没有实权的虚职，让这个正年富力强，又兢兢业业的中层领导干部干这差事很不妥当。

丁市长懊恼沮丧，被人涮了的滋味实在难以忍受。

不久，川市又发生了一起恶性刑事案件。

寻"儿"启事

某市。

夜晚。

寒冬。

大桥底下，几个无家可归的少年围在一起点燃纸张树枝等杂物取暖。一个人在读报纸上的一则寻"儿"启事。启事里说了该人的相貌特征，还有一幅清晰的头像照片，许愿发现者有重奖。大家有了兴趣都争着看那则启事，看后个个失望地摇头。

石榴花

正在这时一辆面包车驶来，这地方偏僻夜里很少有车经过，大家的目光都集中到面包车上。突然，汽车停下了，司机打开车门顺手扔下一个鼓鼓囊囊的袋子，什么话也没留下就开车走了。

有人惊奇地说："那司机真像报纸上寻找的人！"

"像！太像了！"大家同声感叹。

打开布袋子，大家都傻眼了，里面装着好几打百元大钞。

小哥几个从未见过这么多钱，既喜又怕。喜的是有了这笔钱大家日子就翻天覆地了，怕的是与什么大案要案相关联惹是生非。

正在此时，又有两辆汽车开过来了。前面是辆警车，后面是辆大巴。

两个警察叔叔和两个女阿姨来到他们面前。是来请他们到无家可归者安置办的。说话和气，态度可亲。大家上了车。把那个装满钱的袋子交给了警察，讲述了袋子的来龙去脉。

两个警察马不停蹄赶紧向值夜班的局长汇报了情况，他们讲述了事情的经过后，补充道："听那些孩子说那辆面包车上堆满了钱袋子。"

局长查询了各个分局，没有发现重大抢劫和盗窃案。

大家在报纸上找到那则寻"儿"启事，连夜联系寻主。

寻主匆忙来到警察局。站在局长面前的是个文弱的书生，十分年轻，怎么能称被寻的人是其"儿子"哪？

大家疑惑和严肃的目光让寻主内心不安。他说："我不想在这里解释什么，我说了你们也不会相信。"

双方对峙了好一阵子，寻主请求大家到他家里走一趟，就会一目了然。

局长和他的部下蜂拥而入，看看寻主不大的房间里，站立着俩靓丽的女子，看上去酷似一对孪生姐妹。她们彬彬有礼地说："欢迎光临！"

女子柔美热情的声音让大家受到感染，气氛缓和多了。

寻主对警察局长说："你看出端倪了吗？"

局长摇摇头。

寻主笑了，他顺手在遥控器上点了一下，其中一个女子把自己的头颅摘了下来。

满屋子的警察都惊呆了。

原来她们都是机器人。

寻主说："她们两个都属于社会服务型的，经常到街上为民服务，诸如扶老携幼，等等。"

说到失踪的"儿子"，其实也是个机器人，在制作过程中他可能受电视新闻和电视剧的影响，似乎体现出一种正义凛然，疾恶如仇的性格趋向。"我怕他不了解社会现状，惹出是非，一直没启动他。"

这时候一位机器人女子说："是我耐不住他的苦苦哀求，乘主人不在家时按了启动器。"

寻主说："他临走时把监控程序修改了，无法掌握他的现状，怕他出事只好找报社登寻'儿'启事。"

正说着，监控器指示灯突然绿光闪闪。监控程序恢复了。那个"儿子"的目标显示出来了。

当警察们找到他时，他正在为灾民们发放钱袋。

这大宗的钱是从哪里来的？各个公安机关依然没有接到报案。

在"儿子"的指引下，警察们来到山麓僻静处一所别墅的门前。他说那些钱就是在别墅里弄出的。

大家进了别墅，"儿子"在二楼一面墙壁前站住脚，说："墙里面有个密室。"

"儿子"在写字台底部按了一个电钮，密室打开了。里面的厨子里还堆放着不少钱袋。

打开钱袋，里面装的全是美钞。

经查这栋别墅是副市长接受行贿得来的。

副市长在外地开会，回来的路上遭车祸坠入山谷身亡。

那个寻找儿子的寻主和他的孩子们都被解体成了一堆电子零件，扔入大火化为灰烬。

感 恩

猛子那年十岁，他每天上学要翻过一座山。这天天刚放亮，他爬到山顶上，想坐一会歇歇，猛然发现树丛中有两只绿色的光亮，其实是磷火，他却以为是狼在盯着他，便不顾一切地向山下冲去，慌忙中他摔了一个跟头，滚到了山脚下。正是艳阳天，他昏昏沉沉在那里躺了一天，苍蝇已经在他脸上的伤口处下了幼蛆。

傍晚，镇长路过，他背起猛子一口气走了十几里山路，来到镇医院。医院值夜班的大夫都认识镇长，没费周折猛子被安排在急诊室，大家还以为猛子是镇长的亲戚，格外尽心。

第二天猛子他爹来了，护士是从猛子的书包里找到了他家的地址。大夫问镇长是你家的什么亲戚？一句话把猛子爹问傻了。大夫告诉他多亏了镇长救了孩子一命。

猛子爹看到猛子满脸都缠着纱布，只露出一双眼睛，心里就发慌。大夫安慰他只是外伤，很快就会好的。

没几天猛子出院了。爷俩对于镇长心存感激。

秋后，爷俩扛着一袋子核桃，提着一篮子山楂，到了镇政府门口。他们想当面向镇长表示谢意，家里又没有稀罕东西总怕拿不出手，正在迟疑，传达室的老头探出半个身子用怀疑的目光盯着他俩。他俩迎着目光怯生生地走过去，赶紧解释来镇政府的意图。传达室老头告诉他俩镇长下乡了。猛子爹要把核桃和山楂留在传达室老头这里，拜托他转送给镇长。传达室老头吹胡子瞪眼了，他告诉猛子爹镇长最烦恶这一套。

爷俩心里铭记着镇长的救命之恩，总想找个机会报答人家。

后来，镇长升迁了，到县里当了副县长。他们爷俩从没到过县城。他们希望能在收音机里听到恩人的消息，天天听可总也没听到。

又到了一个秋天，正是收获的季节。

傍晚，猛子爷俩从收音机里听到恩人的一则消息。

第二天一大早猛子爷俩扛上一袋子苹果，匆匆上路了。

隔着铁窗，爷俩见到了恩人。只见他目光呆滞地看着他俩，好像在问你们是何人？

猛子他爹指着猛子解释了来意，千恩万谢。

恩人眼里含着泪花。其实他早就忘记了那件事，只是被他俩知恩图报的执著所打动，相比之下他觉得自己太愧对家乡父老了。

回家的路上猛子问爹："啥叫受贿？"

爹寻思了片刻："大概是拿了不义之财。"

他俩心里有了一个同样的疙瘩，不明白这么好的人怎么会蹲大狱，他那么大的官，不缺吃，不少穿，要那么多钱干什么。

回到家里爷俩还惦念着恩人在高墙里面的生活。

胖 姐

胖姐就要调离机关了，周围的人对她有一种恋恋不舍之情。这个胖姐人缘特好，无论老的少的，男的女的都与她谈得来。喊她胖姐主要依据是她的腰和臀超乎常人，肥胖得像携带了一个轮胎。别看她胖，可走起路来却别有一番韵律，臀部像两个旋转的齿轮，产生了一种推动力，推动着脚步向前做直线运动。据说她曾经在体工大队干了两年拳击运动员，当时线条挺顺溜，后来不干了体态就发福了。她慈眉善目一脸的福相，爽朗的笑声特有磁性。说话直来直去，不会动心眼子，这一点最招人喜欢。她的本职工作是档案管理，闲空挺多，有些人不管是遇到什么郁闷的事都来找她诉说，她的宽慰话一套一套的，好像一粒粒开心丸。久而久之就有人说胖姐好像政工干部，很会体谅人，很会开导人。胖姐是个幸福的女人，老爸是个在职的高级干部，丈夫也是市副局级领导，一个胖小子也上小学了。这种家庭背景是胖姐爽朗笑声的依据。在这个家庭里有一个链条把他们连在一起，她丈夫小她几岁，人也帅气，她抓住他主要靠的是老爸的权势和丈夫攀上的意识。别看她丈夫在外面人五人六的，在家里对她服服帖帖的。都说官运与色运相伴，她对自己的丈夫一百个放心。她心里话，他就是有那个心思，未必有那个胆量。胖姐从不炫耀自己的家庭，她的同事都不知道她丈夫是何许人。

最近分来一名女大学毕业生，模样俊俏，看来是胖姐的接班人。她与新来的局长出了一趟远差，发生了一夜情。回来后整天心里跟敲鼓似的，忐忑不安。她心里好像洪水泛滥了，一肚子的话在里面打滚，可是总有一种声音在对她说，这种事只能掩盖在心里，说出去就会自找倒霉。这声音像个闸门紧紧地封闭着，可是它已经被洪水撞击得难以支撑了。辗转反侧，坐卧不宁，她一个从小镇走出来的人，在这个城市里举目无亲，向谁诉说啊！那一夜情，是她的初夜，她真后悔一时的冲动酿就了苦果。在煎熬难耐中她来到胖姐面前。她听说胖姐是个业余政工干部很会开导人，再说明天她就要离开了，对她诉说不会造成不良的后果。

胖姐面色严肃，语气沉重，态度诚恳，她问女大学生："你爱他吗？"

女大学生矜持地说："谈不上爱，只是有好感。"

"还想发展下去吗？"

女大学生沉思后摇摇头。

胖姐说："你青春，长相又好，找个般配的还不容易吗？"

最后又告诉女大学生为了自己的前途，就此打住，可不要随便对别人讲那种事，传嚷出去，怎么做人？最后嘱咐女大学生，有什么事可以到她的新单位找她。女大学生感激涕零。

第二天，胖姐走了。

新局长主持了机关科级以上干部茶话会，漫谈廉政建设。局长笑嘻嘻的。女大学生进来冲茶她偷看了局长一眼，发现他的脸面怎么红里透紫，还涨涨的。其实这时候大家的注意力都在他的脸面上，他反应敏锐指着脸笑着说："医生诊断急性皮炎。"

这时候有一位处长搭话："是啊，老百姓土话是碰上脏风了，我们这个城市污染还挺厉害。"

女大学生的试用期到了，人力资源处通知她另谋高就。这结果出乎她的意料，但她平静地接受了。

她离开了那个让人辛酸的地方。

要找份新工作，她来到胖姐办公室。办公室的人告诉她胖姐病了没上班。

她打听到胖姐的住址，按响了胖姐家的门铃。

灯光中出现了一个穿着睡衣的男人。

屋子里传出胖姐的声音："谁呀！是来看我的吗？快请进来！"

女大学生定神看去，那男人居然是局长。

顷刻，她仿佛明白了什么，眼里浸着泪水跑了，那些礼品散落在路上。

板 砖

　　路北边是新建的社区，一排排造型别致的高楼林立。路南边是郁郁葱葱的树林，树林里开辟了一块大场地，里面有好几种活动器材。每逢夜色来临，社区的老少爷们、姊妹们吃饱了喝足了就会跨过马路到那场地里自由活动。

　　南北虽然一路之隔，但这路上像笼罩了一层阴云，设置了一个屏障，白天小轿车穿梭，夜晚大货车密集，特别是近半年来市区加快棚户区改造，来往的渣土车增多。白天它们不能上路，每到傍晚就像开闸泄洪一般渣土车夹在大货车中间涌动轰鸣。最可气的是它们视红灯于不顾，硬闯急行，过路人吓得目瞪口呆。

　　有一帮从知识阶层退休的老年人，白天家务缠身，全指着傍晚出门一游。久而久之彼此形成了一种生活习惯，一种融洽的氛围，一种深厚的情谊。其中有一个鳏夫大名孙州，原是一名外科大夫，斯斯文文，温文尔雅。他中年丧妻，独生子已经成家立业。他暗恋上了常在一起遛弯的寡妇何真。何真是从教师岗位上退下来的，白白皙皙，利利索索。这帮知识老人对于渣土车贯闯红灯心有愤懑，对于如何制止司机的不轨行为常常在一起议论，有说打市长电话的，有说向交警反映的，还有说求助舆论援助的。他们的确什么招都试过了，有一天来了几个交警，逮着几个闯红灯的也罚了款。交通有秩序了。可没过几天老毛病又犯了，老人们于是又开始四处打电话反映情况，就这一样周而复始动作，好像成了一种职业。他们自己也戏称自己是问题老人，老人反映老问题。孙州风趣地说，老问题已经成长为姥姥问题了，有了性别，也就会产生新的问题。

　　这一天，新问题发生了。何真在树林里那片空地上散步，突然觉得小腹不适,她意识到肠道有染,捂着肚子急忙离去。孙州看得清楚,紧跟其后。他俩一前一后迈向马路,这时一辆渣土车闯过红灯向他俩疾驶而来。就在这千钧一发之际,孙州紧拽了何真一把,那车擦着他俩的身边呼啸而过,吓得何真瘫软在孙州怀里。孙州把何真搀扶着返回路边。突然,一股异味很快蔓延开来,那些知识老人都捂着鼻子向后退,何真失声哭泣,她提着裤子羞愧难堪地说,拉裤裆里了。

孙州不知道从哪里捡到一块板砖,他气愤地冲着那些闯红灯的汽车砸去。就在这一瞬间他仿佛觉得这板砖就像他曾用过的得心应手的手术刀,在剖析顽症,切除病根。那砖似乎长了眼睛,不偏不倚正砸在一辆汽车驾驶室的窗口上。那是一辆长途货车,它没有闯红灯正停在斑马线边等待绿灯。那板砖砸开玻璃飞进驾驶室,驾驶员满面血淋淋的。

120接走了受伤的司机。110带走了孙州。

厚礼

风从何方来?忽而东,忽而西,忽而南,忽而北,既不旋,也不猛,吹得人迷迷糊糊的。

大朋大学即将毕业了,回顾四年来最让他懊恼和悔恨的一件事是,不该得罪班主任。那还是在大二的时候,他与同班的一男同学因为争宠于一个女生,而发生激烈的矛盾,口角之争,几乎拳脚相加。他去找班主任诉苦,可找了三天没见他的踪影。第四天他到离学校很远的一个地方找老乡,无意中发现了班主任的一个秘密。他自己开了个店面,好像是刚开张,迎来送往不亦乐乎。大朋起初不想捅破这层窗户纸,他信奉多一事不如少一事的哲理,因此就选择了沉默。可后来他觉得班主任对他十分冷漠,而格外高看他的"情敌",对他关爱有加。大朋沉不住气了,先采取敲边鼓的策略,进而又用了敲山震虎的方法,可是都不管用,班主任假装无事人一样。后来大朋干脆直击其软肋,质疑他的精力都用在那个店面上了。班主任气恼得直蹦高,他解释那是他朋友的店面,说大朋诬陷他。两个人在僻静处吵了起来。后来他听说他的"情敌"没断了给班主任送礼,那个女生也在班主任的撮合下投入"情敌"的怀抱。

快毕业了,是考研还是就业,大朋举棋不定,但是有一点他很清醒,不管走哪条路都离不开班主任的评语,当务之急必须把班主任拿下,唯一的办法是送礼。他一个从农村考出的人能送什么像样的礼品,家教积蓄的钱也就几百元,还要交生活费,如何置办得起像样的礼品。这几天班主任频繁露面,总是笑眯眯地说,大家快毕业了,我会给你们每人一份厚礼。明白人都知道他所谓的厚礼不过是指每个人的毕业评语。班主任的评语就是校方的主导结论,那份评语几乎就是毕业生的命根子。于是,大家心领神会班主任的言外之意,开始着手准备送给他的礼品。

班主任所谓的厚礼,像拳击手打来的重磅拳头,让他无力招架,他却也想送,无奈囊中羞涩。正在大朋为难之际,班主任与大朋曾经的"情敌"发生矛盾了。原来那个店面是班主任与"情敌"合资经营的,因为利润分配不均两个人发生了争执。大朋觉得良机来了,此时给予班主任道义上的支持,精神上的宽慰胜过任何礼品,真可谓不花钱也能办实事。

大朋按响了门铃,迎接他的是一位靓丽的少妇。她请他入室,给他倒了杯热茶后,告诉他班主任一会就到家了,请他稍候。

她就在他对面坐定,两个人开始闲聊。他得知她是个乡下女子,与班主任结婚已经三年多了,她没工作,整日在家里闲得发慌,总想要个小孩,可至今未生。少妇的直率和坦诚让他觉得心里很畅快，少妇散发出的气息让他有一种亲切感。班主任没按时回家，大朋告辞了，临走他与少夫人互留了电话。

一来二去，大朋与少夫人有了零距离的接触。他们同样生长在那片散发着泥土芳香的大地，彼此有一种与生俱来的亲昵感。

忽然有一天，少夫人发现有了身孕。她为难了，她知道孩子是谁的，因为这一时期丈夫没与她同床，她不能欺骗丈夫，她要对他坦白。

她的丈夫，那个班主任知道妻子怀孕了，他捂住妻子的嘴，不让她再说下去，嘴里不停地念叨，我们的孩子，我要这个孩子。其实他是个无生育能力的男人，他也想要个孩子，他知道这孩子是怎么回事，他不希望说破了。

大朋毕业走了，到了另一个城市，临走，班主任给他写了一个不错的评语。

踢灶神的腚瓜

农历腊月二十三是小年，这天晚上灶神要回天向玉皇大帝述职去了。

王小小受祖人的熏陶家里供奉着灶神像。老婆到街上买糖瓜去了，家里的日子过得虽然紧巴，可再紧也不能亏待了灶神，玉帝对家人的赏罚全在灶神的汇报了。祭灶的祭品是"糖瓜"，糖瓜是甜的，可使灶神在玉帝面前只说甜言蜜语；糖瓜是黏的，可以黏灶神的牙，使他的坏话说不出口。老婆期待着明年灶神会给全家带来财运和福运。

王小小在家里闷着，他下岗已经多年了，原来在一个国营食品厂上班，虽然工资不高，但月月都有保障，虽不富足，但也过得去。可后来工厂关门了，他也失业了，可通常称呼他是下岗待业者。他问老婆失业和下岗有什么区别？老婆说失业是赤裸裸的，而下岗还有待业这条裤头。后来他自谋职业在大街上练摊、修自行车，可总被城管驱来赶去。一个堂堂正正的工人，居然混得如此狼狈不堪。思前想后，王小小一肚子怨气。他瞅着灶神来了气。同样都是灶神，为什么人家的灶神就神通广大，上亿万的家产，要房有房，要车有车，怎么差距就这么大。这时候，他仿佛觉得灶神就站在眼前，对于他的苦难完全无动于衷。王小小气不打一处来，质疑他每年都是怎么向玉皇大帝汇报的，说着说着控制不住自己了，便起脚就向灶神的腚瓜踹去。

灶神急忙解释，人家都有重礼赠与玉皇大帝，而我每年都是两手空空去见他老人家，他老人家连个好脸子都不给啊！你能踢我的腚瓜，我却不敢踢玉帝的腚瓜。

老婆回来了，见灶神眼里含着泪花，满腹的委屈，便问究竟。当他知道丈夫一气之下踢了灶神的腚瓜，惊吓得不得了。她大呼你这样对待灶神就不考虑明年儿子大学毕业后就业吗？

王小小两口子赶紧跪地叩首，祈求灶神保佑。

灶神也跪下了，他感叹怎奈神小职微，无能为力。

四个姑娘四双眼

提起办公室的四个姑娘那真是公司上下无人不知无人不晓的靓女，而她们的靓都体现在眼睛里，用眼睛会说话来形容她们是远远不够的，凡见过她们的男人都说，与她们说话最想看着她们的眼睛，也最怕碰到她们的目光。这话是不是有点玄乎，一点都不玄。

先说说那个叫琴的吧，她那双眼睛里好像白眼球和黑眼球在不停地碰撞，时不时地溅火花，这火花里闪动着她活跃的思想和睿智，常常有极其新颖、极其鲜活的点子和主意迸发而出。这闪光会把你带入她那跳跃式的，不按常规逻辑思维的模式中，让你感到如闪电之光亮，似电流之震荡。一般人是不敢正视其目光的。再说说那个叫欣的，她总是眯缝着眼，给人一种神秘感，都说眼睛是灵魂的窗户，她这扇窗户永远似开非开着。看她就像看朦胧中的山水，云雾缥缈，景色隐绰；就好像听古筝演奏，弦声悠扬，余音绕梁。她是一个思想深邃的人，有时候她的一个观点能让你思索半年才能领悟其内涵。说到那个叫玉的，她那双大眼睛热辣辣的，当你触到她的目光时她那激情奔放的性格犹如汹涌的热浪拍打着你的心扉，让你心里有种澎湃感。她的眼睛能发出爽朗的笑声，让你不由自主地跟着笑。她的眼睛里有一把火，面对她你会有一种被点燃、被融化的感觉。叫韵的姑娘眼睛里充满了柔情，当你看着她就好像有一双柔软纤细的手在轻轻地抚摸你，拍打你，让你的身体和心灵都有一种舒适感，温暖感，有什么伤心和烦恼都会被驱散，一种宽慰环绕着你，一种温情缠绵着你，你会觉得这是用金钱买不到的高档次的享受。脾气再暴戾的男人，只要碰到她的目光都会成为小羊儿乖乖。

有人说她们的眼睛会放电，对于男人有一种不可多得的能动力。有一天公司改组来了一个大腹便便的老板，把她们四个姑娘派到了酒桌上，想发挥她们眼睛的功力勾住客户的魂，锁住客户的钱。她们曾经创造过辉煌，一个代号YJ设计方案集中了她们的智慧，给公司带来了荣誉和效益。那个方案好像也长了眼睛，那些目光相互交融着形成一个立体的空间，在那空间里展示了她们的才华。当人们触及那个方案时，就会感受到四个女人四双眼睛带来的超常的美感和活力，仿佛有一首四乐章的交响曲在抒怀，那曲调荡气回肠，酣畅淋漓。如今，那些乐章被杯中的酒水淹没了，她们眼睛里飞来了一层红晕，好似眼球浸泡在酒水中，目光已经失去了灵性，不再闪烁光能。

终于有一天，她们集体辞职了。

超乎客户想象的服务

旧金山c区2111号的门铃响了好一阵子，一位步履蹒跚的老者开了门。来者自称是华夏传话公司的业务员，他说："一个叫叶同欣的人给他捎话来了……"

老者大惊失色，那叶同欣是他的父亲，早已故去了，难道他从九泉之下捎话来了？当他仔细地看到来者的名片后恍然大悟，前几天是他父亲逝世十周年，他想回故里祭奠可年事已高，行动不方便，儿女们因经济危机怕丢了饭碗都不敢离开职位回国。他通过网络发现了华夏传话公司，经营业务涉及冥灵文化，有充当儿孙代人哭丧，祭奠等业务。老者问为什么叫传话公司？答曰，祭祀过程中必有生者对死者的哀悼怀念，某种心情的倾吐，或者读祭文等，这些都要通过代劳者来实现，传话就像条纽带，把阳和阴，生与死连接在一起，从而达到一个超凡脱俗的境界，因此而命名。该公司有很好的口碑，明确规定不肖子孙不予接洽，反过来理解凡是被接洽者都是孝子贤孙。因此，公司业务极其兴盛，已经在五大洲建立了分公司，走上国际化的轨道。他毅然决定通过该公司清明时节代为扫墓，寄托哀思。

生者对死者的传话可以理解，但死者对生者的传话就太荒唐了。猛然他想起了，该公司要价不菲，但自称他们有超乎客户想象的服务。莫非这死者对生者的传话就是超乎寻常的服务？果然，来者递过一封信，落款是老者的父亲，信函大意是传话（祭文）及银两、食物等均已收悉，对儿孙们如此孝心深有感慨，深感温暖。阴阳两重天一别十年，两相思念，知家族兴盛甚感欣慰。对于子孙们委派代表团祭奠和清扫门户铲除杂草父亲大加赞许……

老者无语。

返乡过年

村头那棵老槐树上雪压枝头，橘红色的晨光中喜鹊喳喳叫个不停。春妮家新盖的红砖青瓦房就在这老槐树旁边，喜鹊的叫声让她心里躁躁的，烦烦的。都说喜鹊叫，好事到，可快到年根了，打工的丈夫铁柱还没回家，这些日子她天天盼丈夫归，天天听喜鹊叫。往年丈夫早就回来了，这时候正杀猪宰羊准备过年。春妮六神无主，忐忑不宁，眼巴巴地看着路口，眼里只有白雪皑皑，却不见丈夫的踪影。她每次走到村头，小儿子铁蛋像条尾巴似的总是跟着。他想爹了，爹春播、麦收和秋收的时候在家里住不了几天，就盼着过年回来放鞭炮了，再说转年他就要上学了，爹许愿给他带回一个背带式书包。娘看着大路，他看着娘的眼睛，好像爹就在娘的眼睛里。

傍晚刮大风了，铁柱好像被风吹回来一样到家了。他一只胳膊缠着绷带吊在脖子上，脸上的擦伤血迹已经凝固。

春妮见到眼前的丈夫惊讶地问："你这是怎么了？"

铁蛋围着他转了一圈，因为没有发现行囊，失望地瞅着爹的眼睛，好像在问，我的书包在哪里？

"出车祸了！"铁柱丧气地说。

原来汽车在一段斜坡路上出事了。雪下得太大了，汽车司机是个新手，车速又快，刹不住闸了，车翻人伤。亏了离镇医院近都得救了。可是铁柱醒过来后发现随身的行李不见了。那行李是他的铺盖，已经脏兮兮的了，不会有谁稀罕，可那里面裹着一个旅行包有他为媳妇和孩子置办的新衣物，还藏着他的血汗钱。他

139

怕路上遇到劫匪，一年的血汗钱有一半藏在衣物里了。出院后他徒步到原地找过，没有找到。

春妮拿话宽慰他："万幸！万幸！钱丢了再挣。"

他俩心里都有点急，银行贷款盖房子的钱还等着还呢！

铁蛋好像明白了什么，使劲地抱住爹的大腿不放。

夜里铁柱、春妮光溜溜地钻进一个被窝。俗话说久别胜新婚，往年这正是他俩激情奔放，宣泄销魂的时刻，可是今夜偃旗息鼓，郁闷的情绪笼罩心头。尽管春妮依旧温存，但消除不了铁柱心中的疙瘩，他总是在想虽说人家答应赔偿，但那几件铺盖值几个钱，没有证据能证明包裹里还有近万元钱啊！

辗转反侧，难以入睡，铁柱爬起来披上衣服后，点了一袋烟，心弦依旧绷在包裹里的钱上。猛然，他想起临出发的时候他往包裹里塞钱的时候，根子就坐在身边，他还告诉根子回家带钱要把钱分散放，放在一处万一出事就砸锅了。根子与铁柱是在城里打工时相识的。起初在劳务市场等活，两个人就聊上了，原来是老乡，相距五十来里地。根子初次进城，显得怯生生的。他才二十出头，三岁的时候爹病故，后来娘改嫁到外地了，是爷爷奶奶把他拉扯大的，日子过得挺紧巴。奶奶托人给他说了个媳妇，人家提出来挣够了三万元才同意嫁过来。他只好进城闯荡，其实什么手艺也没有，只有一身气力。铁柱在城里干了多年，木匠瓦匠活都通。看看根子的情形想起当初的自己，于是就决定带着他干。后来他跟着铁柱进了一家大建筑公司盖楼，起初根子干些筛沙子，运水泥，扛建材的粗活，后来又跟着别人学会了架子工和钢筋工的技术，整日除了攀高架设钢管架子，就是一层层地扎钢筋，逐渐成了一名熟练工。高楼拔地而起，城里建筑群里又多了一个风采亮丽的姊妹。农民大军们也该返乡过年了。本来他俩约好了一起回家的，可根子的老板拖欠他二十七元工钱，他晚走了一天。

铁柱的心里豁然闪显了亮光，他好像看到那些钱正在列队对他微笑。就看根子够哥们吧，出面给他作证。

已经是年三十了，雪依旧纷纷扬扬。

突然听到有人敲门。

春妮赶紧跑回屋里拍醒了丈夫，又忙着去开大门。

只见一个雪人站在他家门前："这是铁柱哥家吗？"

这是哪门子亲戚？春妮正纳闷，铁柱已经过来了："根子！你怎么来了？快进来。"

"我来给哥哥拜年。"说者他推着自行车进了家门。

进了门才发现车后座上驮着一个大包包。

"大哥这是你的行李吧？"

打开看，果然是铁柱出车祸时丢的行李。那些钱分文不少，都安静地睡在包裹里面。

原来，回家的路上到了那个大下坡道，汽车司机说昨天汽车在这里出事了，他招呼大家下车走过去。正好根子要撒尿，他一泡尿水冲出一个塑料布包裹的行李来，拽起来看看上面还写着铁柱哥的名字，就带回家了。

"我还真为你担心呢！后来司机说有伤无亡，万幸啊！"根子轻轻地抚摩了铁柱受伤的手臂。

"我本来想早点送过来，可家里出了点事……"

"出啥事，哥能帮忙吗？"

"媳妇还没等我挣够三万元就跟着一个货郎跑了。"

春妮炒了几个菜，烫了一壶酒，款待了根子。其间铁柱两口子对根子是千恩万谢。

根子帮着宰了口猪，铁柱非要他带走半拉。好说歹说根子就拿了个猪头。

临走，春妮大包大揽："过两天你再来，嫂子给你介绍个贴心的人。"

背着书包乐得屁颠屁颠的铁蛋说："我小姨还没对象呢！"

大雪依然飘飘地下，喜鹊依然喳喳地叫。

夜半婴啼

天气燥热，老王头两口子好容易才入睡。

夜半，突然一阵婴儿的啼声把他们惊醒。老伴自言自语："哪里的孩子？"

"好像是对门的。"老王头应了一声。

"对门小两口刚结婚还不到一个月哪来的孩子？"

"未婚先孕不是常事嘛，你看她那时髦的打扮就知道这种事也会超前。"

"唉，这些80后的孩子！"

一个月前，在一大型游乐场里，彩灯闪烁，乐声震耳，人生嘈杂，近乎疯狂的人群随着摇滚的节拍舞动着，其舞姿各不相同，各有风流。一个青春俏丽的女子，不停地扭动纤细的腰肢，那高挑的身姿像旋风。在灯光下，那深色的吊带裙，衬托着她那细嫩白皙的胸颈和面部，活脱脱一尊美神。一个英俊的小伙围绕着她，或者拉手，或者搭背，若即若离，张弛协调。他们是中学时期的同学，相爱多年，在新婚前夜他们相约来到这个高三毕业那天曾经到过的地方。深夜，钥匙插在门锁上，男青年送那女子来到他们即将住的新窝门前，相拥相吻，激情奔放。这美妙的景象竟然让过足了棋瘾的王老头撞上了。

婴儿的啼声更湍急。

老伴穿好衣服开开房门侧耳听了一会儿，对老王头嘀咕："看来小两口没经验我去帮帮他们，别有个好歹的把孩子耽误了。"

老伴敲开对门的门。

只见一个年轻俊俏的女人怀里抱着个婴儿，那女人满面汗水，那婴儿一脸泪花。

女人开口说："大娘对不起，打扰你休息了。"

老伴伸出个手指头在婴儿嘴上点了一下，只见那婴儿张着嘴在空中寻找什么似的。

"这孩子饿了，喂奶吧！"老伴说话有点急。

"我家里没奶。"女人话里有点为难。

老王头在门外听得清楚，他一步跨进屋里开了腔："你这当妈的也忒不称职了！"

一听这话年轻女人扑哧笑了："大爷大娘，这孩子不是我的。"

原来这女人是铁路列车段的一名列车长，今年还不到二十五岁，上个月才搬到这里，丈夫是个边防军，刚结婚没几天他已经回部队去了。她今天职乘，列车上有一妇女得了急病。火车到站后把她送进医院，她的孩子就只好由她这位列车长暂时抚养了。

老王头夫妇一脸的歉意，没想到有这么一位热心肠的好邻居。

老伴说："你跑了一天的车也累了，这孩子交给我吧，我家里有吃又喝，你就放心好了。"

老王头在一旁应和着。

正在这时，那年轻女人的爸妈拿着牛奶，奶瓶来了。

泥潭

前言：1961—1975年的越战（包括越法战争在内的30年的战争）给越南留下100万寡妇，20万妓女。本文主角阿娇的经历不具有代表性，仅是个例，却耐人寻味。

华盛顿宪法广场上，林肯纪念堂左侧横卧着一座黑色纪念碑，那是为越南战争死难的八万五千余美国军人而建的。在五万六千死难者中，有相当的人是活不见人死不见尸，罗伯特·纳尔逊就是其中一员。

阴雨连绵七月天，细细的雨丝笼罩着一个千疮百孔的山寨。

天还没亮阿娇就披上雨衣往山后面走去。昨天她听见高射炮响了，一架飞机好像被击中了，她要去捡飞机的残骸，捡到残骸可以从友军那里换到物品，上一次中国军人还送给她一支钢笔。她把那支笔装在了她女儿的书包里，让她在天堂学习。

阿娇是方圆八寨九沟有名的美人，在她怀胎八月的时候丈夫应征入伍，一战就是十年音讯全无。她的女儿在过周岁生日的那天被美国飞机炸死了，她几乎在疯癫中度过日日夜夜。她千万次地哭泣，千万次地叫骂美国人，千万次诅咒战争。

她在下山的小路旁挽起肥大的裤子两腿前后交叉着站在那里小解，忽听得那尿水落地声有异音，她俯身查看，竟然是一个人头露在一湾泥潭里。那尿水好像给那人洗浴了脸，看得出是个大鼻子白人。抬头看树枝上还挂着银白色的降落伞。她判断这是昨天被击中的美国飞机飞行员。

其实这里本来是富庶的山区，让飞机轰炸得到处是坑，那湾泥潭正是被炸出来的。阿娇觉得那白人还有喘息声，他的头颅好像被撞破了，血迹与烂泥混合在一起成紫黑色。她憎恨美国兵，他们就是魔鬼，给她及她的国家带来了灾难，她恨不得拿石头砸烂面前这个奄奄一息的白人的头，恨不得把他捅到烂泥底层。不过她又迟疑了，这迟疑出于一个女性的本能，见到了男人好像唤醒了她近乎泯灭的欲望，她需要男人，她已经近十年没嗅到到男人气息了，没得到男人的抚摸了，连年的征战寨子里仅剩下一个快八旬的老男人了，这老男人已经成了那些花季年龄的女人争风吃醋的旋涡。阿娇想要个男人，更想要个孩子，她对女儿的模样已经模糊了，可她心里总是想着她。她用干草编织了一个小书包，书包里装着女儿曾经用过的一条手绢和她的哀思。书包就摆在家中唯一的那张破桌子上，她举目可见。

阿娇从树上拽下降落伞，使尽吃奶的气力把那白人从泥潭里拖出来，给他脱得精光，用山溪的水冲洗净他满身的泥浆。她用自己白色的上衣包扎住男人受伤的头颅后，把他裹在降落伞里，顺着山路往家里拖去。那纤细的腰肢带动着浑圆的臀部扭动着，那赤裸的上身如鲜桃一般的乳房摆动着，细雨伴着微风，女人踏着山路，不知道拖回家的是喜还是忧，是福还是祸。

就在她把美国飞行员弄到家里的当天，中国与苏联军人先后脚来到寨子里寻飞机的残骸，据说两国的高射炮都打了，各自说是自己打下的，互不服气。

阿娇躲在屋里紧关着门，大气不敢喘，等到天黑街上没动静了才松了口气。

她在白人男子的衣物里发现了一个证件，证件上有一张照片和他的名字，一个叫罗伯特·纳尔逊的少尉。她藏匿了降落伞和他的所有用品后，用盐水为他擦洗了头部的伤肿，重又包扎好。那白人男子已经有些知觉，她舀一碗水，用勺子往他嘴里灌。肚子里有了水的滋润，浑身的脉络好像打通了，他轻轻地呻吟着。

阿娇心里犹豫，家里藏着这个美国兵，一旦让人发现会遭杀身之祸的，寨子里的人都对美国人恨得眼冒火星，她们会把他俩撕碎的。她在迟疑中掐住了他的脖子。但他身体散发的气味，他臂膀的肌肉及胸前的绒毛让她心血涌动。

她赤裸着身子拥抱他，用身体温暖他，她近乎疯狂地吻他，吻他的全身，慢慢地唤醒了他的性本能，终于有一天他们有了像动物一样的性满足，有了一种属于天然的呼天唤地的享受，尽管如此，但他仍然浑浑噩噩。

她怕他有一天突然醒来做出出乎意料的事，把他的手足捆了起来。白天她喂他吃，夜里他成了她的××隶。

她的肚子一天天凸起来了，她要这个孩子，这孩子让她又一次感受到母亲的天性，她要把这孩子生出来，尽管她有许多忐忑，许多顾虑和不安。

为了掩人耳目，她把腰束得很紧。

俗话说猫对腥味特别敏感，寡妇对于男人的气息格外有一种灵犀，寨子里有几个寡妇已经嗅到了男人味，她们感觉到寨子里来了男人，都有一种分享的欲望，她们患着同样的饥渴症，多少个日日夜夜没碰过男人了，她们本能的需求像烈火燃烧着，烧得她们憔悴了，枯萎了。说实在话，如果在路上遇到个男人，她们会不顾一切地扑上去。其实她们的感觉是从阿娇的脸上得到的，她的脸上就带着男人的气息。她的面色有了几份滋润，一种发自内心的满足写在她那微笑中，抑郁、忧伤、惆怅从目光中消失。她们已经有了袭击阿娇的萌发。

阿娇的秘密终于被隔壁老阿婆窥测到了。老阿婆六十多岁了，丈夫和三个儿子都战死在前线，她成了寨子里最有资格的老寡妇。

有一天阿娇下山弄粮，一袋印有中国制造的大米放在地下，却不见白人男子的踪影了，屋子里散落着捆绑他的绳子。她意识到有人劫持了他，可能杀害了他。

她赶紧收拾了些衣物，抓起桌子上的那个草编的书包，趁人们不注意悄悄地溜出寨子，顺着山路急匆匆走去，当她来到当初发现纳尔逊的那个泥潭时，看到他被人勒死了，几只水蛭紧紧地贴在他嘴角和鼻孔里。

从此山寨里失去了阿娇的踪影，有人说她为了保护肚子里的孩子远走他乡了。

若干年后的9月11日，这天是美国的国难日，人们络绎不绝地来到华盛顿越战纪念碑前祈祷那些亡灵。一个混血儿在纳尔逊的名字上铺上白纸，用铅笔轻轻地摩擦着……

当混血儿垂头看时他发现地面上有一个精致的盒子，盒子上夹着个纸条，纸条上面用铅笔拓写着纳尔逊的名字。混血儿小心翼翼地打开盒子，那里面是一幅白人家族的合影。合影的背面写着，罗伯特·纳尔逊——愿上帝保佑你的灵魂。

乱 炖

雷声像上了发条一样打着旋，拧着花，连着筋在老张的头顶上炸响，奇怪的是只有雷声没有闪电，他仿佛被雷声驱赶到一个迷瞪的世界，眼前是茫茫的空白。看来这雷要给各种无形的空中通道制造点花样。

突然，他的手机响了。

"喂！"

"是劳拉吗？"对方说的是英语，老张对英语是擀面杖吹火——一窍不通，可他突然就听得真真切切，明明白白了。

"对不起，你找错人了。"

不一会儿手机又响了。

对方大怒："你怎么会有与我老婆相同的手机号！"

老张莫名其妙，他赌气地说："你老婆搞错了，留下了她的，拿走了我的。"

"你和我老婆什么关系？"

"什么关系？我是他哥。她是我妹。"

"我老婆没哥！"对方火冒三丈。

手机又响了，那响声跳着高跺着脚。老张抻了好一会儿才打开手机。

"喂！赖斯吗？"

"不是赖斯，是杰克！"老张快疯了，随口起了个洋名想打发了对方。

"杰克，我找得你好苦啊！我想请你设计个纪念碑。报酬优厚。"

"什么纪念碑？"

"伊拉克战争死难美军纪念碑。"

"你是谁？"

"我是布什。"

"哪个布什？"

"刚卸任就不认识了，我是前美国总统啊！"

老张一听气不打一处来，他想借题羞辱布什："你们有了朝鲜和越南战争两个纪念碑，也应该建个伊拉克战争纪念碑。"

"我将广泛征求意见后把这方案提交国会。"

"前两个纪念碑都是卧式的，横躺在地面上，这个纪念碑要区别于它们，来个立式悬空的如何？"

"好，有新意，不愧为世界级设计大师。"

老张心里暗笑，我一个拾荒者什么时候成了设计师了？还是个国际级的。

"能展开说说立式悬空的构思吗？"

"立式象征着一种醒悟，悬空意味着反省。"

"深刻，有内涵。那悬空？"看来布什对于悬空还不理解。

"说是悬空，其实不空，那上面悬着一个灵魂。"

布什以为是死难士兵的幽灵："可供人们祭拜和悼念？"

"不！那是一个肮脏的灵魂，一个战犯的幽灵。在纪念碑下面有一条鞭子，供路人抽打。"

"为什么？"

"因为只有这样美国才会觉醒，才会接受教训，朝鲜和越南战争都是你们插手人家国内的战争，伊拉克战争是你弄了两个莫须有罪名打到人家国家去的，你们先后把十几万士兵推进了地狱，给无数平民百姓制造了深重的灾难，如果不鞭挞那罪恶的灵魂，你们还会给世界带来痛苦，你们还要无数座纪念碑。"

布什沉默。

"我可以免费为你设计那个纪念碑。"

万圣节的灵感

铁林在白人窝子里买了一幢楼，平常日没什么感觉，早晨汽车走了，晚上汽车又回来了，各家过得静悄悄的。没想到万圣节让她觉得尴尬了。

十月初离万圣将近一个月的时候，各家就开始动作了，门前的草坪上、树枝上已经出现骷髅、稻草人、墓碑、南瓜……逐渐形成组，连成片。

唯独铁林家门前依然如故。

俗话说入乡随俗，铁林有所触动，单纯的模仿不符合她的性格，总想有所新意，但却不知从何处入手。她开始留意邻里们房前周边的摆设，揣摩其中的构思，力图得到启发，获得灵感。

美国人的万圣节把鬼魂实体化了。铁林看看左邻，门洞里一张欧式古典椅子上斜靠着一副人体白骨架子，其坐姿似贵妇人。它微侧的头颅，好像正关注着草坪上那五个似白雪人一般的小精灵。小精灵手拉着手围绕着一棵大树在跳舞，树上挂着一圈手工制作的小南瓜。这情景好像是一幅风俗画，又好像一个美丽的童话。再看看右舍的草坪上，家门左右各有一个方形的干草堆，右边是一个稻草妇人一手抱着一个奄奄一息的孩童，一手触摸着躺在身边的一个死婴，好像病魔袭来，母子在痛苦中挣扎；左边是一个身体扁平的稻草妇人躺在草堆上，一个孩童趴在她的身上，好似娘因饥饿而亡，婴儿呼天喊地。这两组圣灵颇耐人寻味，好像是对于疾病和饥寒给人类造成苦难的诉说。对面那家大门外新添了一个墨紫色的弓形充气门，门上面镶嵌着白色生灵。前院还有些塑料充气鬼怪，它们有的乘汽车、有的驾摩托，气派很大，给人一种现代派万圣之家的感觉。再看看四周，完全是个鬼怪的世界，有的人家门前竖立着颜色灰蒙蒙的石碑，营造了荒芜凄凉的意境。很多人家在骷髅上做文章，或者吊在树上，或者倚在门前，或者躺在地上。有一户人家在门前的小路左右对称摆着二十几个骷髅头，各个绿色的眼珠都瞪着你，其中的寓意好像是不做亏心事就不怕鬼叫门。有的人家，骷髅头从地里探出，嘴巴仰天呐喊，四肢做挣扎状，可能是含冤亡灵在呼唤。有的从棺木中伸出手来，不甘撒手人寰。动物圣灵有老虎等兽类，大都是巨型的塑料制品，用气撑起来的，也有画在板子上插在地下的。还有宠物，如黑猫、兔、鼠、鸟等。铁林似乎觉得这些动物类的圣灵或许体现了它们在自然界和人们心目中应有的位置。

铁林有一种习惯，凡在异国遇到同类的事情总会与本国进行对比，经过观察和分析她得出一个结论，中国人的鬼节鬼是无形的，它们的传说浮现在人们的想象里。人们可以从无形之中想象到有形，因此，就有了各种类型的鬼。然而，美国人的万圣节鬼是有形的，它们实实在在地摆在各家的门口，人们可以从有形中想象到无形，因此就有了各种鬼故事。

说实话别看她是一个从中国北方农村考出来的化学女博士，但对于家乡的民俗也了解一些。铁林认为中国人的鬼节讲究仪式和程序。农历七月十五日是鬼节，在七月十四日这天，很多人家祭祀祖先都传承着一种习俗，先举行家宴，供奉时行礼如仪，酹酒三巡，表示祖先宴毕，合家再团坐，共进节日晚餐。断黑后，携带爆竹、纸钱、香烛，找一块僻静的河畔或塘边平地，用石灰撒一圆圈，表示禁区。再在圈内泼些水饭，烧些纸钱，鸣放鞭炮，恭送祖先上路，回转"阴曹地府"。有的地区在七月初七还要通过一定祭奠仪式接先人鬼魂回家，每日晨、午、昏，供3次茶饭，直到七月十五日送回为止；有的地方还在河流中放"荷花灯"，意在普度水中的落水鬼和其他孤魂野鬼。这些形式所体现的中心思想是对祖先的缅怀和纪念，整个过程看不到任何鬼魂的形象，它们存在于人们的想象里，因而，充满了虚无缥缈，神秘莫测。

铁林在居住地周围考察了，分析了，有启发，却没灵感。

铁林跑过商店，有的商店西服革履的鬼魂主动与顾客握手；有的商店悬挂着的尸骨身上披着彩色布条，随着摇滚乐曲歌舞，下巴和四肢的骨骼有节律地运动。商家有各种鬼魔魍魉的商品，购买者大都是当地白人。在一个商店门口一个漂亮的白人女士兴冲冲地走来，只见她怀里抱着个透明的球形体，里面竟然是一个口吐舌头，两眼外凸，头颅溜光，面色泛绿的吊死鬼。她边走边欣赏，脸上喜滋滋地流露出几分亲昵感。铁林在商场里非但没找到灵感，反而感受到些许恐惧。

铁林的丈夫在另一城市工作，她希望从丈夫那里获得启发，但丈夫说万圣节不是中国人的节，不必费心思。

这天，铁林下班后到后院除杂草，眼前忽然一亮，灵感旋即撞进心头。老爹来探亲时在后院种了二十几棵玉米，如今正该收获的时候了，那高粗的玉米秸和沉甸甸玉米穗看了就喜人。她想万圣节的万字包含面很广，除了有人类、动物外，也应该有植物，而其中决不能没有粮圣的位置，于是就用玉米编织了两个花环，每个花环有六个玉米，它们与玉米叶子扭合在一起，张开笑脸，有的长着胡子，有的披着肩发，有的戴着眼镜，有的穿着西服。她把它们悬挂在户外朝街的墙壁上，左右两边各有一朵白云漂浮。又在草坪上摆放了八个橘红色的南瓜，南瓜各个都画上不同的表情，欢快吉庆。那漂浮的白云是用纸箱制作的，上面书写了红色汉字"风调雨顺，五谷丰登"八个大字，并附加上绿色的英文"favorable weather;timely wind and rain"和"abumper grain harvest"在花丛的衬托下，格外夺目。

丈夫回家过周末，他称赞妻子把美国的万圣节揉进了中国元素。

同 居

春光里，一只白黑相间的野鸭带领着它的小宝宝在清澈的湖里从东向西游去，形成了波纹式动感线条。湖岸上有两个异性老人，男的肌肤黝黑，长长的脸面上雕刻着严肃。女的白皙圆圆脸上绽着笑容。他们隔着一辆婴儿推车并排坐在草坪上。温暖的阳光照在婴儿熟睡的胖乎乎的脸蛋上。女性老人指指点点地数着："一只、两只……二十一只小鸭子呀！"

男性老人："领头的母鸭像是睡在瓦罐里的那一只。"

这湖很大，是人造姊妹湖，湖与湖之间隔着一条马路，就在社区里面，与社区同步建成。有三十余只肥硕的野鸭迁徙湖畔，常年优哉游哉的生活。它们白天三五成群的在湖中游荡，时常有人拿来面包、饼干等食品掰碎了撒在湖边，它们就摇摇摆摆地围过来，美餐一顿。夜间它们大多数在湖边的草丛中栖息，唯独有一只白黑相间的野鸭与一只深棕色的野鸭依偎在临近湖畔的一户人家的瓦罐里。这瓦罐斜躺在花坛中，是一个装点门面的工艺饰物。每当夜色降临它俩就到瓦罐里面同居同息，久而久之成了一道风景线，过路的人都会扭头躬身往瓦罐里瞧一眼。这两只野鸭如同一对鸳鸯，形影不离，有时候过马路，大多数野鸭靠飞翔，而它们俩常常大摇大摆地穿行，过路的车辆都会为它们让路，有一次五十几辆汽车停止行驶让它俩先行，它俩旁若无人，依然缠缠绵绵地摇首摆尾地漫步。

那只鸭妈妈领着鸭宝宝上了岸。鸭妈妈腾飞到岸边的一户人家的后院，鸭宝宝们呼呼啦啦从黑色铁栅栏里钻进去。它们围在一起美餐撒在地上的鸭食。

阳光下，鸭宝宝依偎在鸭妈妈身边静静地趴着。突然水面上出现一只黑色的肥大的公鸭子在追赶一只瘦小的茶色母鸭。只见母鸭急急忙忙蹿出水面，奔向草坪。公鸭扭动着身躯紧追不舍。母鸭服服帖帖地趴下身子，公鸭用嘴衔着它的头，踩在它的身上。紧接着有好几只肥大的公鸭摇晃着身子跑过来，它们围着它俩，摆动着脖子，扇乎着翅膀，像是履行一种仪式在庆贺公鸭与母鸭的交配。女性老人说："只有踩过的母鸭才能保孵出小鸭，又要有小鸭出世了。"

一个胖胖的白人妇女，带着一个胖胖的小女孩，牵着一条肥肥的狗走来，老远就笑眯眯地说："Hello!"

美国人很有礼数，无论在湖边遛弯还是在社区公路上见了面总会和他俩打招呼，他俩也会向人家挥挥手或者学着他们的腔调说句英语，现学现卖逐渐成为一种习惯。虽然在心里觉得当地人很陌生，但他们的热情挺招人喜爱。

小女孩从包里拿出几片面包，掰成小块扔在水边，引来了几只野鸭。它们正在享用，飞来了两只雪白的鹭鸶。鹭鸶不吃面包，它们在那里等来抢面包渣的小鱼。它们的眼睛好像会拐弯，挺着个瘦长的脖子，居然能看到小鱼游来，还没等到鱼儿抢到面包渣，却成了鹭鸶口中的美味。

那只狗也没闲着，它在湖边的树根下留下了一堆粪便，只见那白胖的女人躬身用隔着塑料袋的手去捡粪便，然后提溜着走。

两个老年人与白胖女人告别之后，又推着婴儿车围着湖边转，看看时候不早了就返回家去。男人推着车，女人紧跟在后面。既不说，也不笑。社区里看不到其他行人，一排排风格别致，样式各异的住宅像是进入一个童话世界。各家门前的树木花草在向他俩点头示意。偶尔，有棕色的小兔在嫩绿色的草坪上蹦蹦跳跳。周围十分寂静，只有他们两人鞋落地的声音和婴儿车偶尔发出的轻微的颠簸声。寂静的环境让这俩忙碌了一生的老人感到从未有过的轻松，又让他们思念故里那种嘈杂带来的欢悦。男性老人看着天上浮动的白云，想着家乡的农活，眼下正是小麦返青的季节，不知道雨水够不够。他临来美国的时候农田托付给弟弟了。这个身板硬朗的庄稼汉身在异国，心系家乡。他问女性老人："你们那里几月份收割小麦？"

女性老人不假思索地说："快了，再过一个多月吧！"

来到一个路口，一辆行驶的汽车停下来等待他们先行。在社区的路口汽车让着行人已经是一种习俗，可他俩总觉得不该与汽车争路就朝汽车里的金发丽人打手势让汽车先行。金发丽人探出灿烂的笑脸。

第二天上午，他们又循着昨天的足迹先推着婴儿车来到湖边不远的儿童乐园。这里有滑梯、秋千、跷跷板等多种儿童玩具。有几个中国老人在那里带着小孩子玩，他们都是千里迢迢来为子女尽义务的，彼此都很熟悉。来儿童乐园也是为自己找个乐子，找个人说说话，拉拉家常。到这里来的白人都是由妈妈开着轿车带子女来的，她们时常在公园的亭子里面get together。在桌子上摆满餐具，放入水果，点心、饮料等，几家的妈妈和孩子们围在一起边吃边聊。

再说这两个异性老人，从不进入公园，只是围着公园转圈，更不与人交往，好像仅仅是来感受一下热闹的气氛，他们的目光从不与人对视，谁也不清楚他们在想什么。其实他们不是夫妇。那男性老人的儿子是女性老人的女婿。孩子们在美国求学，又在美国就业，临近添喜了，就请老人来帮忙。男性老人家在山东，女性老人故里贵州。一个鳏夫，一个寡妇。两个人几乎同时来到儿女身边，其实是因为签证的缘故。都说到美国签证难，所以来了个双保险，没想到都签过了。就这样两个不同地域不同家庭的老人同居与儿女的屋檐下。儿女们都有各自的工作，出门就是一天，下班回来似霜打的茄子蔫了。两个老人的共同任务是看护婴儿，另外，女性老人做饭洗碗，男性老人搞卫生，侍候花木，没有明文分工，却是自然形成。两个老人说话都有浓重的乡音，听辨费力，时间长了，靠意会能达到默契。

婴儿一天天长大，异性老人归家的时间也到期了。婴儿进了幼儿园，两个老人飞到北京，儿女们专门为他俩设计了航程，让他们游览首都后再返乡。他们第一次来京城，游历了一天，晚上他们住进宾馆，破天荒的同居一个房间。此时他们聊起了瓦罐里的野鸭和同居于一个社区的美国人。山东话与贵州话交融在一起，说得有韵律，听得有滋味。

邻家女人

一天，马路边的信箱上有人贴出了中文小广告，大意是家庭育儿中心招生时间、学习科目、价格和师资情况等。落款的联系方法已经被撕得精光。过去曾有过家庭托管的小广告，像这样集管与教于一体的却不多见。

这里确实需要这种名目的中心，尤其是暑期，那些半大孩子成了家长的愁事，任其"放羊"，不知道他们能闯出什么祸来。这地段中国人比较集中，大家最头疼的事就是孩子的事，每日上班一般要在高速公路上蹾一个多小时，一去就是一天，赶上加班回到家里已是夜色阑珊了，孩子的管理是共同的后顾之忧。往年有的人请了家庭保姆；有的人把国内的长辈接来；有的人把孩子送到他人家庭托管；有的人干脆辞职在家里司职育儿专务，八仙过海各显神通。

几日后的早晨，我发现邻家门前的车多了，邻家女人笑脸盈盈，看到我她摆摆手说："大哥！我的家庭育儿中心开业了，欢迎光临指导。"语调虽不高，可看得出她内心的喜悦。

邻家女人略有几分姿色，今年才不过二十五岁。据她自己说她曾在首都一家大宾馆餐厅工作，在那里认识了他的现任美籍丈夫。看样子他不像纯粹的白人，没有那种白人的臃肿。他长她十七岁，与她已经是三婚了，前两窝各有一个男孩，大的已经是个高中生了，到她这里生了个千金。一家五口全指望着他的薪水生活，房子是刚买的，还给她添了辆小日本汽车，看来日子过得还可以，不过可能没有更多的银两供她消费。她很坦率，不回避谈她的婚事，她说她是单亲家庭，妈妈反对她的这桩姻缘，在北京举办婚礼时妈妈拒绝参加，她的女朋友有的说她是追逐时尚的典范；有的说她有恋父情结。她自己觉得是一种糊涂的爱造就了她的命运。

她在网上结识了十几个附近的在家带孩子的中国女人，每个星期五是"妈妈聚"的日子，轮番各家玩吃。其中有个随丈夫从东南亚来美的四十岁左右的南京女人，在国内曾从事过幼教，唱歌、跳舞、绘画都有两把刷子。我看过她的绘画作品册子，还真是蛮有点水准，只可惜她不会英语，否则可以到正规育儿学校谋职。她有两个孩子，大儿子读高中，小女儿才两岁。儿子学钢琴，一小时要缴八十美元。一家人还住在公寓里，银两也不殷实。邻家女人与她不谋而合酝酿出个生财之道，起初她俩指望附近正在兴建的教堂，租用它的场地，开班办学。这教堂的地理位置太理想了，与一所幼儿园和小学校构成三角，都是马路相隔，而且是在一个大的居住群里。没想到教会有自办学校的意图，想吃独食。无奈就只好以邻家女人家为办学场地了。

这所自己命名的不受法律保护的家庭育儿中心开张了，大约有十几个年龄不同的孩子来了，没人剪彩，只见到家长们匆匆来去的身影。谁知道它的生命力如何，反正有需求，一方面需求银两，另一方面需求有人管儿。

王　爷

我家楼下住着个老伯本不姓王，可人们都称他王爷，他也欣然答应。说起来还有个小典故，他家祖辈上有人曾在清朝王爷府里干过差事，他以此作为一种谈话的资本，时常说起王爷府里的奇事逸闻，起初听来新鲜，可架不住他叨叨来叨叨去就那点子事，人们都听腻歪了。有一天在人堆里他又要说王爷府的烂糊事，不知道是谁不耐烦地喊了他一声王爷，谁知道他竟然答应了。

王爷人缘不错，见了谁总是笑呵呵的，谁见了他也总是喊声王爷好。

前两年，王爷的孙子考上了名牌大学。这个孙子是由他一手带大的，他自然脸上挂着光彩。为了资助孙子，他每月出一半的退休金，觉得还过意不去，就找到一个力所能及的活计，每日提溜个编织袋在大街上捡易拉罐和塑料瓶，然后送到附近一个废旧物品收购站换成钱。天长日久这已经成了他的生活习惯，如今孙子已经就业了，可他依旧提溜着塑料袋走街串巷捡拾废旧物品。

王爷忙了，见不着他了。有一天晨练我见到王爷了，他已经置办了一辆小三轮车，看起来他把"拾荒"做大了。我故意与他调侃，请他再讲一段王府逸事，他摆摆手推着车走了。我心里想这老头真怪，老两口都有退休金够吃够喝的，早出晚归图个啥。他老伴起初是反对他的，当着大家的面数落他就是个辛劳的命，祖辈子给王府扛活，现如今放着清福不享。可后来他老伴似乎赞赏他的举动了，有时候也跟着他走走串串。

人们发现王爷常往邮电局跑，后来有人发现了秘密，他不知从哪里弄来了山里贫困学生的地址，时常为他们寄钱。

这时候人们再喊王爷的时候，都有几分敬仰之情了。

五月，我到美国旧金山市旅游。下午临近五点，我走在中国城马路上，只见那些样式各异，色彩不同的楼房都举着清一色的中文广告牌。就在一个广告牌下面，我突然发现了王爷的身影，只见他稀疏的白发在海风中摇曳，手里捏着一个白色的朔料编织袋，一只脚在使劲踩扁一堆五颜六色的易拉罐。我觉得奇怪，莫非他如今把拾荒推向世界，成了国际级别的人物了？于是就走上前："王爷，你好！"

"嗯！"王爷头也没抬。

"王爷，您什么时候也来美国了？"

王爷抬头看了我一眼："我来美国的时候你还在空气里游荡呢！"

"哈！哈！"一阵笑声从一个小面包铺传出。

我循着笑声望去，铺子里有十几个中国老人，分坐在几张小桌旁，他们在吃面包，喝奶品茶。

我进了铺子里，与各位打过招呼后，向老板娘买了一个面包，自己斟了一杯牛奶。心里想这个美国的王爷与那个中国的王爷外貌太像了，于是就向在座的人解释。在座的人听了后说："他们可能是同胞兄弟。"

原来这个王爷也有一段王府情结，他是十几岁的时候从广东漂洋过海偷渡过来的，受尽了苦难，靠打零工为生，至今还是光棍一条，拾荒是他一生贴补生活的习惯。

看看在座的老者们个个都是七十岁以上的人，有的人还有残疾，从言谈举止中我得知他们与王爷有着同样的偷渡经历。他们的乡音依旧浓郁，但他们对于故里仅有一丝遥远的模糊的印象。

王爷蹲在马路旁将那些踩扁的易拉罐一个一个装进编织袋里，嘴里不停地数着数。

他把鼓鼓囊囊的袋子放在面包铺门后面，买了一个面包，倒了一杯奶茶，挤在一张桌子旁，开始美滋滋地吃起来，据说这就是他的晚餐。

垂钓高手

刘兴每逢周末必驱车到郊外垂钓俱乐部，在这里他是出了名的垂钓高手。人们见了他总是投以赞慕的眼光，大家都知道他的嗜好，只钓不吃，凡上钩的鱼无论大小一概放生。说来也怪，他的命中率相当之高，曾经有过的五次垂钓比赛他都夺得头彩。因此，人送雅号"垂钓高手"。他是某知名公司的资深财务主管，据说整天与数字打交道，一种单调枯燥感萦绕着他，到俱乐部来纯粹是寻个乐子，图的是体验鱼上钩时的那种心理快感。他似乎对于人们的美誉而沾沾自喜。

俱乐部里还有一位人物大名叫白朴，他不但不放鱼食，甚至连垂鈎都是直的，他信奉愿者上钩的理念，人送绰号"姜子牙"。人们知道他是华泰大型股份公司的老板，来到湖泊边说是钓鱼其实总觉得他满腹心事，意在垂钓之外。他的战绩可想而知。可他也是个很执著的人，颗粒无收他照样来，照样规规矩矩地坐在那里。

刘兴与白朴坐的位置相邻。这天白朴心情不错，在大家都做准备工作时他就请教刘兴垂钓的诀窍。这是所有俱乐部成员都感兴趣的话题，过去大家都想当面请教刘兴，可怕他不给面子而谁也没开过口，因此，大家都竖起耳朵想听听他的真传。刘兴不假思索地说，诀窍在鱼饵，鱼饵分为荤、腥、香、酒、清等好几类，如何巧妙制作和使用是一个大学问。接着刘兴话锋一转指着白朴的钓具说有钩才能称其为钓，你看看你连基本装备都不合格何谈垂钓经验？众人嬉笑。白朴大笑后说我这直钩钓的绝不是普通的鱼，它可是一条超大的鱼啊！说这话有他的道理，多年来他形成了一种习惯，只有看着平静的水面他才会形成重大决策的构思，他来钓鱼纯粹是把一些零星的思想花絮，通过逻辑编织成蓝图。

过了几天俱乐部给会员们散发招聘广告，招聘一名俱乐部总经理，待遇丰厚，主要条件之一是垂钓成绩突出，有丰富的垂钓经验。明眼人一看便知这是冲着刘兴来的。

刘兴果然被聘用了。

他要到董事长办公室领取录用通知书。进门后只见白朴伸出手热情地说，恭喜你加入华泰集团。看着刘兴一脸的疑惑，他解释说，如今垂钓俱乐部已归属华泰了，说着把录用通知书递给刘兴。

就在刘兴接过录用通知书的一瞬间，他发现白朴脸上掠过一丝狡黠的微笑，他突然意识到自己原来是那条被钓中的超大的鱼。

锤 梦

夜色带着浓墨染尽山野，寒风吹着哨子来到山梁。

梁军被一天的格斗训练累得头脑发蒙，四肢酸疼，他躺在一个背风的枯黄色的草窝里疏松筋骨等待随时可能吹响的集合号。

这个80后在城市里长大的小伙子，受那些卡通里、电影里的侦察英雄的影响，从小就有一个当个侦察兵的梦，高中毕业后如

愿以偿。没想到入了这一行，就像掉进苦窝子里了。早先是步兵
三大技术射击、投弹、刺杀和二百米内硬功夫的训练，整天摸爬
滚打，一身汗一身土。他这个连队里公认的白胖小子，已经练成
了黑铁蛋。入冬以来，部队拉练到了荒郊野岭，侦察科目训练才
正式开始。头一天是攀岩训练，北风凛冽，冻得双手都麻木了，
在翻越一块突出的岩壁时手抓空了，跌落下来，保护绳拽着他在
空中打旋，头部碰在一块尖石上，留下了一个大血包。擒拿格斗
练得他叫苦不迭，他的对手是副班长，一个农村来的老兵，个头
不高，浑身是疙瘩肉，无论是摔还是打无人能比，人送绰号"板
斧"。这个"板斧"下手好狠，一招一式绝不含糊，可把个梁军
打散了架子。别的不论就拿最简单的抓岗哨训练来说，抱膝、踹
腿、推臂膀、锁喉、贯耳等几个不同类别的组合训练，就让梁军
"伤痕累累"。训练时他与"板斧"角色反复互换，当梁军担当
哨兵时，那"板斧"从他背后袭来，猛然朝左臂膀推去，瞬间犹
如山崩地裂，两眼眩晕，身体歪斜，紧接着就是锁喉，只锁的喉
咙冒青烟一般，再加上一个贯耳，那滋味没经历过，很难体会。

突然，集合的哨子响了。梁军爬起来回到帐篷里，只见班长
手持一张地图，对大家说："今天晚上练走方位。"

他接着解释走方位的要求，每个人读图十分钟，凭记忆按着
图中指定的十个方位取回已经放在那里的纸条，在规定的时间内
取回十张纸条的为优秀，八张的为及格。班长又补充道，单兵训
练，不允许携带任何照明设备。

那些老兵对于这种训练习以为常，可对于梁军来说真好像大
姑娘坐花轿头一回，尽管对于这近似游戏般的训练有一种新奇感
和冲动感，但又有点忐忑，担心黑灯瞎火的在荒野转晕了向。他
盯着地图仔细地看，寻找每一个方位的特点，默念着整个线路趋
向。

头一个是一名老兵，出发已经有十分钟了。梁军排在第二，

石榴花

班长下达命令："出发！"

梁军高一脚低一腿地直向正北扑去，他顺利地找到图中所标的那条河，河对面的小松林里就放置着纸条。眼前的河借着昏暗的天光看白茫茫的，脚往上一踏发出嘎嘎的响声。看来河已结冰，但这响声他从未听过，不免心里发慌，莫非是河怪在叫，他突然想起一些卡通故事。迟疑了片刻，他四处张望没发现河上有桥，细思忖图上没有桥梁的标识，唯有硬闯了，他试探地在冰上走了几步后，放开胆子，开始做溜冰的动作，没承想河中突出一块石头，把梁军绊了个嘴啃河冰，他觉得嘴里有一股咸味，估计牙花子磕破了。他爬起来继续前行，果然在松林里的一块土坷垃下找到了一打儿字条，心中一股暖流涌动，为第一步成功高兴。他把纸条小心翼翼地装在口袋里，又奔向下一个目标。

他急匆匆地走着，心里恨透了设置纸条位置的"板斧"，把纸条放在哪里不好，偏偏放在一个埋小死孩子的坟堆边的树枝上，这招忒损！据说这是历代方圆十里八乡死婴的集结地，俗称"千婴坟"。他徘徊了几个来回，没见到明显的地理特征，正着急上火，突然，他的脚踩空了，拔出腿来看，脚底下就是一座小坟墓，他毛骨悚然，拔腿就跑，仿佛那些卡通片里的鬼怪一拥而上都在追杀他。他几乎一步一个坟坑，好容易找到那棵小树，胡乱地在树枝上抓了几把，还真抓到了一张纸条。

寒风劲吹，梁军觉得脊梁上的汗让他浑身发凉，那千婴坟留给他的恐惧还未消退，下一个方位又是个墓地。他奶奶的，怎么今晚跟死人零距离接触上了！为了壮胆他开始哼唱小调。

下雪了，纷纷的雪花挡住了视线，梁军对方位判断出现了偏差，所幸的是他迷迷糊糊来到了第四个方位，在一个作废的砖窑里找到了纸条。他回头看看心里想要找到第三个纸条不能迟疑，否则会超过限定的时间。他定神确定了方向，疾步如飞，雪地溜滑，他连滚带爬总算找到了那坟地。按规定纸条压在一块墓碑的石座底下，连续找了十几块石碑并没找到纸条，心中不由得慌乱起来。正在这时他仿佛觉得有个黑影晃动了一下，一半是为了壮胆，一半是为了吓唬那黑影他大喝一声："什么人，出来！"

话音刚落，从一块墓碑后面露出一个人头来，只见他一纵一跳动作轻盈，吓得个梁军浑身冒冷汗，连连后退，卡通魔鬼真的现形了！不知道是生理原因还是精神的作用，有时候人在极度恐慌中会突然变得极度冷静，梁军佯装倒地，顺手抓起一块石头，猛然纵身，向那黑影扑去，那黑影顺手牵羊，把梁军实实在在地摔在地上。紧接着那人来了个饿虎扑羊，没想到梁军就地十八滚，让那人扑了个空。待到他跃起时那人顺势朝他脸上就是一拳，这一拳正打在梁军的嘴唇上，顿时嘴唇火烧火燎。梁军也不示弱，一个侧身鱼跃猛一弹腿，一脚踢在那人的膝盖上，旋即那人消失了。梁军心想这人是谁，莫非是他的下家在这里相遇？可他的下家是与他同时入伍的新兵，小时候挑食发育的精瘦，绰号"搓板"，无论是气力和功夫都在他以下。他左思右想不可能是下家。

梁军在那人出现的墓碑后面的石座底下找到了纸条，又向一个小涵洞跑去。

经过近一个小时的奔波寻觅，梁军在规定的时间内拿回了十张纸条。第一次接触走方位的训练，取得了好成绩心里觉得美滋滋的，也顾不得被打的嘴唇肿胀得疼痛。可就在他轻松地哼着一首欢快的歌曲时，班长来到他面前问："在你的十张纸条里为什么出现一个颜色不同的？"

这话问得梁军张口结舌。

班长又问："你的嘴唇被谁打的？"

梁军只好把在墓地遇到一个神秘人的经过对班长述说。这尽管能说明嘴被打伤，但解释不了为什么出现了一张黄颜色的纸条。

在总结点评的时候，班长对于梁军的表现没做任何评价，其他人都是优秀，唯独他连个及格都不给。梁军心里觉得郁闷、沮丧、窝囊。

纸条的故事像长了翅膀，传遍了军营，有人甚至添油加醋说梁军找不到纸条，弄虚作假，自己的嘴唇磕破了，却编出一个鬼故事来。

听说有人在编排他的故事梁军的情绪反而高涨起来，他觉得身正不怕影子歪，要真正实现侦察兵的梦想，就必须锤炼自己，误会、谣传尽管会让人痛苦，但也能锤炼意志力。

"板斧"看在眼里喜在心上，其实那段故事正是他与班长两个人编导的，他们目的很明确，千锤百炼不仅在技战术上，也包括心理素质，精神状态。

过了些时日"板斧"在一次班务会上一本正经地说："昨天，我遇到侦察二连的老乡，听他说，那天夜里他们也进行了走方位训练，有一组纸条与我们同放在一个小桥下面了，梁军拿到的那张不同颜色的纸条是他们连的。"

接着他又笑呵呵地说："在墓地与梁军对打的神秘人原来也是侦察二连的。"

"板斧"说这番话的时候梁军正在外地接受军侦察处对侦察兵的特殊训练。

新兵蛋子

凡是新入伍的士兵都有一个共同的雅号"新兵蛋子"，不知道是从何时开始兴起的，这似乎是个昵称。

一

话说侦察连从京城来了一个新兵蛋子，个头也就一米七，黑不溜秋的，列队也就站在倒数第二。刚来连队那工夫没一个人能把他看上眼。可这主儿爆发力特强，第一次上投手榴弹课，他出手就是一百米，震得那些老兵一愣一愣的，打这以后排长喜，连长夸，可把这小子美坏了。

上擒拿格斗课，一招一式从基本动作开始，他觉得不过瘾，于是私下里打探别的连队里有什么高人，想找个偏方走个捷径。你还别说他果真在步兵连找到一个曾经练过武术的人。此人一米八几的个头，膀宽腰圆，站在新兵蛋子面前就是一堵墙。

星期天两个人相见。大个子问新兵蛋子："你是想学实招，还是想学虚招？"

新兵蛋子问："何谓实招，何谓虚招？"

"实招就是真打，虚招就是装装样子。"

"那当然是真打！"

两个人找到小树林里无人看得见的地儿。各自活动了一番后，拉开架式要打。其实那大个子也就是天桥的把势，光说不练的主儿，他也就是仗着天然优势以块头大壮胆。

两个人就地转悠了好大一会儿，谁也不想先出手。

新兵蛋子拱拱手说："师傅在上，请教了。"

话音刚落就向大个子贴近了几步，他心想必须与他打近战，贴身打，不能让大个子发挥身高臂长的优势。

两个人你来我往，抡拳踹腿，看不出有什么章法，纯属胡拼乱打。不过打着打着两个人都来了情绪，互相斗起气来，刹不住车了。那大个子身大力不亏，拳头直来直去在脑门子上转悠。新兵蛋子顾了躲闪，却顾不了进攻，明显处于劣势。这小子心眼够使的，边打边琢磨他的下三路。突然，大个子朝新兵蛋子脸部打来，也就在同时，新兵蛋子一个鱼跃弹脚向大个子腿上踢去，两个人同时大呼一声，只见新兵蛋子的嘴唇开了花，唇被打得裂翻了。再看看那大个子抱住膝盖坐在地上叫苦不迭。两败俱伤，大个子几乎站不起来，还是新兵蛋子搀扶着他一瘸一拐地到了师部医院。

这件事发生后，排长发火，连长大怒，狠狠地批评了新兵蛋子。

从那以后大家都知道侦察连来了个不安分的新兵蛋子。

同一列火车来的士兵大都分到步兵连，新兵蛋子到了侦察连，别人扛步枪，他却挎着手枪，那些熟悉他的人都羡慕得不得了，他自己也美得不轻快。可就是这手枪让他出了洋相。手枪第一练习五十米实弹射击不及格。这好像当头给了他一棒，打得他蔫了好几天。班长给他吃了个小灶，单独传授三点一线的要领。别人已经投入第二练习打活动靶子了，他却还在那里描靶心。都说寒风似刀子，它果然厉害，新兵蛋子的手被刺出一道道血痕。射击是硬功夫，不仅看结果，更主要的是看训练过程。新兵蛋子这时候才体会到冬练三九的滋味，赤裸的手紧握着枪在寒风中举着，目不转睛地瞄着靶心。好像一个声音在告诉他基本功来自吃苦耐劳精神，出自坚韧不拔的意志力。

一天，军侦察处领导下连队检查冬训情况，新兵胆子被抽查直接进行第二练习实弹射击。当时全班都为他捏着一把汗，第一练习不限时打固定靶子他还没通过，怎么能有把握打好稍纵即逝的活动靶子呢？

只见新兵蛋子听到口令后，迅速走到靶场侧身站定，举枪面对前方。五个活动靶子依次从不同位置出现，新兵蛋子连扣扳机。啪！啪！啪！五声过后，靶靶命中。全班战友都伸出大拇指，为新兵蛋子叫好。其实他是得了班长的真传，第一练习要的是精确，第二练习靠的是感觉，只要基本功过硬，沉着冷静就会有好成绩。班长心里欣喜，他感叹新兵蛋子的枪法没有在寒冻里白练。

部队拉练来到河北滦南乡村里。

新兵蛋子所在的班住在一户农家，班里自己开伙，战士们轮流做饭。这天，临近菜下锅了，才发现没有咸盐了。买盐要到邻村商店，班长问："谁去？"

新兵蛋子自告奋勇，他借来房东的自行车飞也似的上了路。就二里来路，可等了好大的工夫他才回来。班长一脸的不高兴，新兵蛋子赔着笑脸。

第二天，班长的脸色更难看了，他严肃地问新兵蛋子："昨天你买盐顺利吗，没发生什么情况？"

新兵蛋子似丈二和尚。

原来，今天早晨村里来了个卖豆腐的老头，他对班长说，昨天一个战士骑自行车在临村把一个老太太的脚尖给轧了。这还了得，那三寸金莲轧上去会出大事的。

新兵蛋子急忙解释，昨天他进了村头，没想到从一户人家急匆匆走出一个老太太来，可房东的自行车也没闸，情急之下他大声疾呼："站住！站住！"

就在一瞬间自行车过去了。

"你轧了老太太的脚尖为什么不回报！"

"我没轧她的脚尖！当时街上是有个卖豆腐的，但离得挺远，他根本就没看清。"

班长不放心，拽着新兵蛋子到了邻村老太太家。起初新兵蛋子怎么也不肯去，他越是不肯去，班长越起疑心。

老太太听说班长的来意，乐得前仰后合的。她说那天亏了你们这位战士帮了我大忙，我家的那口祖辈上传下来的大锅，正做着饭给漏了，男爷们下地干活还没回来，我正想去买锅，在门口碰上了他。是他给我买回锅，还帮着拆下旧的换上新的。

班长俯身仔细地察看老太太的脚，还请老太太站起来走了走，才放心。

回来的路上班长在新兵蛋子后脑勺上轻轻地拍了一巴掌，高兴地说："你个新兵蛋子！"

栾南农户住家有个特点一户人家一个胡同，北方人家大都讲究院落，而在这里住家只有胡同，从南向北房屋面对面，只留一条通道，南边一个门通向大街，北面一个门朝着田野。

新兵蛋子他们班住在一个祖孙三代的胡同里。这家三个儿子三房媳妇，大儿子病故后，媳妇带着一儿一女过，新兵蛋子班里的人都免不了要帮她们干些农活。有一次这家的大女儿正要挑一担发酵的尿水到农田，新兵蛋子赶紧把担子抢在自己肩上，跟着那家女儿后面出了村头。那家女儿提一个水桶，默默无语，寂静的田野里只听到他们俩走路的声音。到了田头新兵蛋子放下担子，只觉得从那两个瓦罐子里面散发出一股股腥臭味。那女孩从附近的小河里提来一桶水与瓦罐里的肥料掺和在一起，一勺勺浇在地里。看着绿油油的庄稼，再看看眼前的女孩，这个在大城市里长起来的新兵蛋子很有心得。

临近秋天的一个傍晚，新兵蛋子训练刚结束，在路上他遇见了大嫂的女儿，她手里拿着好几个一尺多长的玉米秆子，好像是从农田里回来，在夕阳的余晖里她脸庞端庄，眉清目秀，让人过目不忘。她微微地笑着，递给新兵蛋子一个玉米秆子。新兵蛋子没接，那女孩轻声地说："甜的好吃。"

新兵蛋子第一次吃甜玉米秆子，觉得好甜。

那女孩对他说："后天我就走了，你会记得我吗？"

新兵胆子刚要问她去哪里？那女孩却转身跑了。

那女孩嫁人了，嫁得很远。新兵蛋子确实还记得她，记得她

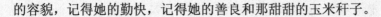

的容貌，记得她的勤快，记得她的善良和那甜甜的玉米秆子。

追赶汽车的娃子

王团长转业来到一个山区任县长。这里他来过，那还是他任一连连长的时候带连队到这一带拉练来了，转眼间已经是近三十年前的事了。有一件事让他记忆犹新，一天，连队的汽车行驶了一夜，黎明时路过一个小村子，村子不大总共也就四五十户人家，依山傍水，旭日灿灿，雄鸡啼鸣，炊烟袅袅。不知道从什么时候起汽车后面紧追着一个小娃子，只见他身上背着个粪筐，手里提个小铲子，追得满头大汗。因为在山路上行车，颠簸的战士们昏昏欲睡，没人发现这个小娃子。在一个拐弯的地方连长无意间回头看了一眼，就觉得这娃子有点蹊跷，急忙命令司机停车，也就在汽车刹闸的那一刻，眼瞅着那娃子一头栽在地上。连长带上卫生员急急火火跑过去，只见那娃子前额磕碰在一块石头上血流满面，他是跑急了眼被一块石头绊倒了。卫生员给他的伤口消了毒包扎好后，连长问他为什么要追赶汽车？那娃子回答说要拾大粪。他从未见过汽车，但觉得这家伙个子比牛高体积比牛大，它的粪便肯定比牛大得多。连长啼笑皆非，他无论怎么解释那娃子也不相信这么大的家伙跑起来又快连喘气的声都震耳怎么不会拉屎撒尿。

王团长初任地方官员，心里没底，但有一条他特明确，即科技兴县，从教育入手。于是他上任第一件事是请了省农业大学最年轻的教授来传授农业科技知识。据说这教授是本地人，当年本县唯一的一名大学生，是本县的骄傲。

教授见了县长似曾相识，便问县长，你当年可曾进过山？县长点头称是。教授又问是开着解方牌大卡车？县长瞅着教授脑门上那块月牙形疤痕，若有所悟，莫非你是……教授笑着说："我就是当年那个追着汽车拾大粪的娃子。"

这天王县长到基层熟悉情况，接待他的是镇长。这个镇长可是个深受群众拥戴的好干部，他抓科技兴农卓有成效，他所在的镇是个深山老林，如今是各种鲜果满林，山民们富得流油。当镇长见到县长后觉得面熟，便问你当年可乘解放牌卡车进过山，县长点头。镇长急忙摘掉帽子指着脑门说，你看看这疤痕，我就是当年那个追着汽车捡大粪的娃子。县长心里泛了嘀咕莫非当年二连的汽车后面也有追着拾大粪的娃子？

上等兵迷糊

这是一个很久以前的故事，这个故事历经多少个春秋已经长成参天大树。

一

说上等兵迷糊还真有一定的道理，客观地说他们已经有了一定的兵营经历，当兵的那点活缕拉了多少遍了，可谓耳熟能详，手拿把掐，自然就不像新兵蛋子那样由于陌生而处事紧张了，精神上自然就放松多了。可这一放松就犯了不少迷糊事，因此就有了上等兵迷糊这一说。

有一个京城来的小胖子，名字叫何勇，当兵正在二年上，刚佩戴上等兵军衔，不知不觉中就开始犯起迷糊来了。一天夜间在山里冬训，训练科目是穿越一条干枯的河床到对面山上捉舌头。要求三人一个战斗小组，何勇任第五战斗小组组长，带领两个新兵蛋子。正当他们在鹅卵石河床上匍匐前进时，听得前方有情况，何勇急忙掏枪，他顺手在枪套里摸了一把，发现手枪不见了，这时他慌了神，忙拍打着抢套子在周围寻找，两个新兵蛋子也在河床上一左一右跟着摸索。就这样训练课停止了，全班全排的士兵漫山遍野搜寻手枪。在这漆黑的夜晚伸手不见五指，要找一把手枪谈何容易。其实何勇是个很不错的兵，各科的训练成绩都不菲他的擒拿格斗堪称一绝，侦察连有个大个子叫王宝柱身高一米八五，而且是个膀大腰圆浑身都是疙瘩肉的主儿，站在那里就是一堵墙，在连队里他就是一个王。自从何勇来到后，他的王位动摇了。何勇也就一米七的个头，刚来时还没那么肉乎，谁也没把他当块干粮，王宝柱几乎没正眼瞧过他，可就是这个何勇在一次擒拿格斗训练中与王宝柱成为对手搭档，那天是摔跤训练，没想到何勇扫荡腿配合顺手牵羊，大德勒参合小德勒，偶尔还使个掏裆术，把个王宝柱当口袋背来摔去。那王宝柱整个成了个红脸关公，全连官兵目瞪口呆。王宝柱毕竟是身壮力不亏，他抓住何勇的裤腰带使了个鬼推磨术，把何勇像耍抢棍一般在腰间抡了三圈，然后顺手一推扔出去五米远，眼看何勇就要嘴啃地，没承想他来了个鲤鱼打挺硬是玉柱擎天，稳稳地站在那里，博得满堂喝彩。何勇这身功夫是从小打出来的，他的邻居祖辈是干保镖的，那些功夫传承了几代，何勇整天与邻家孩子在一起打斗，得到了他家父辈的真传。

折腾了大半夜手枪总算找到了。何勇出发前擦拭了手枪后没扣好枪套，夜间经过那片小丛林时手枪被树枝挂出来了。当何勇沿着走过的路线回头查找时发现那支手枪静静地躺在一棵小松树底下的积雪中。这件事受到全团通报批评，何勇也就成了上等兵迷糊的典范。

何勇人缘不错，待人实诚谦和，脸上总是挂着笑容，人们都称他小胖子。

那一阵子蒋介石叫嚣反攻大陆，美蒋特务活跃，连队三天两头公布敌情通报。老乡们也在议论当年潜伏特务逃进深山老林的耳闻，甚至有人说近期深夜还看到过密林深处打出的信号弹，这些传言无疑增添了紧张的气氛。一天山里来了一个中年男子，一手牵个猴，一手提溜个锣，其貌不扬，衣冠不整，行动诡秘，很像个电影中的反派形象。当路经村子时被几个正在训练的战士看到，大家的神态都很严肃，使劲瞪着眼看他，吓得那耍猴人没敢驻足匆匆而去。其中一个新兵蛋子就犯了疑心，他对何勇说："这个耍猴人到山里来莫不是美蒋特务来侦探我们的兵力？"

何勇笑着说："你追上他问问。"

那新兵蛋子果然去追，但那人像是会遁术，消失得无影无踪。

连队的岗哨设在村头的伙房门口，这里本是个旧车棚，门里面是连队的伙房，门外面是一口水井，在门口设岗哨兼顾里外，主要是以防坏人投毒。这天夜里轮到那个新兵蛋子站岗了，他生性胆小，白天出现的那耍猴人让他心神不宁。他来到伙房门口面对漆黑的大山已经战战兢兢了。何勇已经在寒夜中站立两个小时，见来换岗的新兵蛋子形如筛糠，心里不觉起了怜悯之情。他是过来人，想当初第一次夜间站岗听到树叶沙沙响神经都打激灵，他理解新兵的紧张心理状况，决定陪岗给新兵壮胆。可是白天训练的强度忒大，他实在困乏得很，没与新兵说上几句话就裹着棉大衣倚在门框上睡着了。西北风带着哨子进了村，新兵蛋子有何勇陪着胆子也大了些，可还是觉得两只眼睛不够用。突然他发现一个人影在山路上晃悠，那黑影时隐时现离村头越来越近。新兵蛋子推了何勇一把，何勇仍然呼噜不断。新兵蛋子大喝："干什么的？口令！"

一连喊了数声那人毫无反应。这时新兵蛋子想起刚学过的士兵条例，那里面有夜间站岗执勤发现来人连喊三声口令后对方如不回答，在五十米内可以开枪的规定。于是他拉开枪栓推上子弹向那人瞄准。就在这时何勇飞起一脚踢向举起的枪，子弹弹道改变了方向，随着枪声听到野鸡的惨叫声和翅膀的扑腾声。也就在这一刻那个山路上的来人走到面前。原来他是本村的一个哑巴，翻山越岭走亲戚回家来了。那哑巴见村头站着俩当兵的还以为是列队欢迎他，呲牙咧嘴地冲着新兵蛋子憨笑。

何勇的这一脚避免了一起人命案，却打死了两只夫妻野鸡。

炊事班长给大家煮了一锅野鸡汤。

说何勇迷糊，可也有不迷糊的时候，这事给他正名了。

二

王二根唱着家乡小调，蹬着自行车，恣悠悠的。他是奉班长之命，到离部队十余里之外的当地一个最大的百货公司去买了一盒彩色粉笔。明天该他们班负责出黑板报了，这期黑板报非同小可，营里要举办黑板报比赛，班长是个要强的人，什么事都要争个先。他亲自策划，亲自编稿，但看看粉笔盒里好颜色的粉笔都没有了，便打发王二根到商店走一遭。班长知道二根正处在上等兵迷糊期，所以一再嘱咐他路上要集中精力，不要分心，快去快回。

自行车是从房东那里借的，那车破旧不堪，除了铃铛不响什么地方都吱呦。那吱呦声与二根的歌声有一拼，好像两个拳击手彼此打得头破血流，把旷野中的鸟惊得都扑哧扑哧飞向远方。正走着，忽听身后有马蹄声响，回头看原来是通讯连的刘江。两个人是老乡，同一年入伍的，也是个上等兵。他俩一个在马上，一个在车上边走边聊。忽然二根突发奇想，他问刘江："换骑如何？"

刘江欣然答应了。二根干的是高炮兵从来未骑过马，自然就好奇，而刘江刚学会骑自行车，见了自行车心里怪痒痒的。

二根跨上高头大马，脚入马镫，提起钢绳，双腿一夹，那马便跑起来了，很快就把刘江甩远了。二根有个绰号叫"大胆"，这次到山村拉练前期，三排长带着他到村里号房子、贴标语。听说解放军要来住，各家老乡都抢着要人，唯独伙房和炊事班没地儿安排，村里人说西头那栋房子招鬼弄神的，那家主人早搬走了，问部队敢不敢进去住，二根不信邪非要在里面住一夜。三排长要陪着，被二根推出大门。三排长就住在本村，又是新婚在当年上，二根理解正在热乎期的那档子事，他在排长家抱了被褥一头扎在那个鬼院。前半夜没动静，可后半夜就开始闹症候了，如同冤魂哭泣，恶狼的嚎叫不绝于耳，令人毛骨悚然。二根觉得这声音不像人为的，第二天他经过实地观察，发现这院子正处在南北两山的通道上，山间架有高压电线，当北风吹起时就会产生呼啸的声响，再加上那房屋的屋梁上可能有蛀虫打的洞与外界的风声形成共鸣，因此，其响声就多了不少的花样。村里人都信服二根的分析，更佩服他的胆量。他第一次骑马，却敢催马奔跑也可以佐证他的胆量。刚才他上了马后那几个动作都是在电影里学来的，跑了一阵子后他想让马停下却没招了，正赶上对面来了一辆马车，眼看就要相撞了，慌乱中二根用力勒了一下右边的钢绳，那车把式扬起鞭子在空中甩出了两个脆响，马居然掉过头来往回跑了。二根如腾云驾雾，在马背上颠得前合后仰，左斜右歪，逗得那车把式哈哈大笑。

再看看刘江已经不是人骑车而是车骑人了，他肩扛着自行车迎上来。那马见了主人一个前蹄腾空把二根摔了个屁堆。

刘江挥一把脸上的汗水丧气地说："你从哪里弄来的破家伙，车链子都断了！"

看着刘江满身的泥水，二根说："瞧你那骑车的技术，肯定摔倒河沟里了。"

刘江不好意思地回头看了看不远处的一个小水湾。

二根扛着个自行车回到房东家。房东戏说：“你尊老敬先，咋就扛着这老家伙回来了？”

二根指了指车链子说：“对不起了！”

其实那车链子只是掉下来了根本没断，连房东都说他是个迷糊蛋。他忽然看到班长就站在他的背后，猛然想起夹在车座上的粉笔盒。急忙回头看，已经无影无踪了。他憨笑着对班长说：“我回去找。”

他蹬上车子又急匆匆的返回去，在那个小水湾旁找到了已经泡在水里的粉笔盒。

二根急中生智，他从文书那里找到了广告颜色，索性办了一期别开生面的黑板报。其实二根是个能文能武的好兵，他的绘画曾经参加过全军美展，办黑板报那是他的拿手好戏。当这期黑板报抬到营部时，那新颖的版面，鲜艳的色彩格外夺目，再加上班长的组稿充分体现了练为战的主题，一举夺得个头奖。

三

周勤原是京城戏校的学生，学的是旦角，看他的五官有几分女人像，丹凤眼，元宝嘴与尖巧的鼻子搭配得挺俊秀。语声和做派都透着一种女人的酸溜溜的味，这种酸味有一种戏剧式的夸张，乍一接触给人的感觉不男不女怪怪的，特别是他的体态很健壮完全是一幅大男人的身板，与他的气质极不协调。他可能就是人们常说的那种男人中的女人，整日跟着摸爬滚打也没什么娇气，没丝毫懈怠，吃苦耐劳的劲头比之那些纯粹的男人并不逊色。他是个机枪手，那沉重的机枪扛在肩上，东跑西颠的，没股子韧劲，没把子气力是绝对不能胜任的。闲下来时他会找个蔽人的地方，手拿一条花手帕比比画画，身子扭扭搭搭，口中有词喋喋。那身段轻盈盈的，那神态活泛泛的，那吐字清晰晰的。当被人发现时他却羞羞答答，扭扭捏捏的，因此就有人喊他"闺女"。

转眼间他也成了上等兵了，一天夜里他跑厕所回来犯迷糊了，他睡眼惺忪进了屋，发现自己的床上睡着个人就觉得奇怪，顺手推了一把后似触到了洪水猛兽一般惊呼着窜到院落。那一声惊叫震醒了全院，战友们看到惊慌的"闺女"站在院子里，都问怎么回事？"闺女"说懵懵懂懂闯到三嫂子屋里了。

"闺女"夜闯三嫂子家了，这事件像长了翅膀一样旋即传遍全村。"闺女"他们班住在一个祖孙三代同居的一个筒子院里，他们班的住房与三嫂子家的门并排着。夏天老乡家有夜不闭户敞着门入睡的习俗，"闺女"其实是误闯三嫂子家的。可传出去就变了味，你一个大小伙子半夜三更闯到人家屋里肯定图谋不轨，三嫂子可是个水灵灵，白皙皙的美人，谁见了不想啃两口？甚至有人说他那一声惊叫，肯定是摸到了三嫂子的奶子后发出的。指导员听了群众的议论后说一定要查明真相，严明纪律。

"闺女"实在是冤屈，他那天夜里闹肚子连续跑了三趟厕所，可第三趟回来走错了门。说起闺女房东老头老太太是格外喜欢他，那真是夸不够赞不绝。说他性子温和，为人实诚。只从部队住进他们家后，他老两口屋里水缸的水总是满满的，"闺女"每天一大早的第一件事就忙活着担水。再看看那小院子让他收拾得干干净净，连个杂草都没有。特别是他还会针灸，据说是跟他姥爷学的，他姥爷是个老中医，本来是希望他学医的，可他偏偏喜欢唱戏。弟兄十个，他排名老小，家里没闺女都把他当女孩养活，从小就穿花衣，留长发，梳小辫。他是由姥姥带大的，受到姥爷的指点，对于针灸有些兴趣，也有所专长。参军时特地置办了一套针灸的家什。房东老头个子比老太太矮了一头，瘦瘦弱弱的，一到阴天下雨腿脚胳膊就疼痛，特别是他犯起胃病来疼得直打滚。"闺女"的针灸如同灵丹妙药，把老头调理得舒舒服服，胃不疼了，脸面油光了，浑身也有劲了。

其实夜入门宅的事，经过三哥出面一说就烟消云散了。三哥说有一次他也曾误入隔壁的屋，那天他在别人家打麻将到后半夜，就在"闺女"的床上躺下了，"闺女"站岗回来后才把他轰起来。三哥说："这两个房门挨得太近，一不留神就会走错门，再说了那天'闺女'误入我家时，我家里那口子回娘家了，大包袱小提溜的'闺女'还帮着送到庄口。

后来有几个人私下里问"闺女"为什么发出惊叫声。把"闺女"逼急了红着脸小声说，摸到三哥的那家伙了，三哥可能与三嫂正在梦中过甜蜜生活呢。

四

实弹射击训练，没拿来子弹，却扛来了一箱手榴弹，真是迷糊到家了。这是上等兵万金双办的事。

这次实弹射击很有新意，是连长训练革新的一种尝试。过去射击不管是卧、蹲、立哪种姿势都是静对静，即射手和靶子都是固定在一个位置上完成射击过程的。连长觉得静对静适合阵地战的要求，在运动战中如何完成射击过程则要在有了一定的静对静射击训练的基础上进行行动对动的训练，即靶子和射手都在移动的过程中进行射击。之前反复进行了多次训练，特别强调射手的注意力、观察力和机警敏捷的反应力，今天的实弹射击意在检验训练的效果，连长兴致很高，可万金双办的这迷糊事让他火冒三丈。

万金双上半年刚立过三等功，是全连学习的榜样。那时候他还属于新兵蛋子行列，那功立的虽说偶然，但足见他大胆冷静的气质和敏捷果敢的身手。那天天高气爽，全连战士精神饱满，个个跃跃欲试，季度手榴弹实弹投掷考核正在进行，这时候一个新兵蛋子进入坑道，他平时的训练成绩也在五十米以外，可当他把拉火环套在小拇指上时心里打开了小鼓，还没等排长下达投掷口令他便把手榴弹甩到身后了。身后站立着两排战士，情况十分危险，就在这万分紧急的一刹那万金双飞起一脚，将冒着烟的手榴弹踢向下坡，一声轰响炸得黄土飞扬，弹片四射。看看落在地上的弹片离战士们只有半米的距离，全体官兵倒吸了一口凉气。这一脚值千金，避免了一场惨烈的事故，保住了战士的生命，他因此荣立三等功，也获得"万金脚"的美称。临危之时万金双能有如此壮举，出乎大家的意料，他平素不爱说话，属于八竿子打不出个屁来那一类型的，蔫嘟嘟的。记得有一次连里召集班长会传达布置上级来连队检查工作的事，特别提出不要在前院晾晒衣物被褥，可当时万金双他们班在外面执行任务，正赶上大雨，第二天一大早回到营房班长在不知连队的要求的情况下让万金双在前院拉起绳子晾晒衣服。正撞上副连长，副连长当面批评万金双破坏连队的统一部署，分明是冤枉了他，可他不声不吭，就立正站在那里挨了一顿批评。有人埋怨万金双明明不是你的责任怎么连个屁都不放，他只是一声蔫笑。他原是个铸造工人，整天与火红的、滚烫的铁水打交道。那铁水铸造了无数铸件，也铸造了这个小男子汉。在工人大军的队伍里他受到了熏陶，有着优良的品质，确切地说他实际上心中包含着火热的激情，一旦燃烧起来能量是巨大的。连队的仓库本来是文书负责，因文书到团部集训，连里决定临时由万金双代管。这次实弹射击他拿着连队的报告跑到营部领子弹，营部那管弹药的上等兵欺负他这个新人，发给他的都是散弹，为便于携带他把散弹规整到一个手榴弹木箱里了，可凌晨出发前天上乌云压顶，眼看集合时间就到了，他赶紧找来一块塑料布把手榴弹木箱子包裹起来，就在这慌忙中他拿错了箱子。他听着连长的斥责，脸涨得通红，他感到自己太不胜任了，太迷糊了。后来连长又作了自我批评，说自己也有责任，没能及时提醒和督察。

眼瞅着今天的实弹射击要泡汤了，可就在这时副连长来了，他扛来了那箱子弹。原来他上午要带着炊事班去开垦一块荒地，准备种点蔬菜，当他到仓库里拿铁锹时，发现一把铁锹的木棍松动了，于是就打开训练用手榴弹箱子准备用手榴弹把铁锹上的钉子钉牢固，可箱子里装的全是子弹，寻思了片刻，他恍然大悟，判定出了差错，于是就匆匆上山来了。

万金双的迷糊倒让连长得到一个教训，带兵训练就要有严谨过细的作风，他提出了"过细，再过细"的口号，同时命令各岗位再过细的检查一下准备工作，看有没有漏洞。不一会二排长报告山北面走过来一个老乡，问他从哪里过来的他指了指一条隐蔽的山路。图纸上并没有标志这条路，他们实地勘察也没有发现这条路，所以连队也没在路上加岗哨，亏了又过细的检查了一次，否则后果不堪设想。

连长的动对动的实弹射击实践还在尝试阶段没能推开，可他提出的"过细，再过细"的口号却叫响了全团。

五

这天是山会，像一个盛大的节日，各种山货色彩缤纷，琳琅满目，喊声嘈杂，人头攒动。正赶上周末在山里冬训的部队也安排了一定比例的士兵凑热闹。何勇在人群中看到了王二根，他挤到二根身后喊了一声："二大胆！"

二根猛回头一把搂住何勇，两个人高兴得屁颠屁颠的。他们在新兵连是上下铺，两个人好成了一个蛋。新兵连解散后战友们各奔东西分到不同的连队。一年多没见了，重逢的喜悦溢于言表。他们有说不完的话，话题中自然少不了张三李四等战友的趣闻逸事。何勇说到了"理论家"张亚军。这个瘦高挑的汉子，一脸的书卷气，眼神中带着一种深奥，还流露出几分忧郁。他是高干家庭的孩子，但他从未见过自己的生母，在他的作文里写道上初中的时候有一天他家里来了一个年轻的姑娘，后来这个姑娘便成了他的妈妈。他对于这个妈妈从心里觉得厌恶。她第一次到他家时就在书房里与爸爸搂抱在一起，他们的年龄相差近三十岁。后来知道她曾是爸爸的秘书。她接二连三地生了好几个孩子成了全职太太。他从未喊过她一声妈，他们之间根本没有什么交流。他的内心里有一种无法抑制的孤独感。他的生母也是一个有资历的革命军人，他渴望寻到生母的下落，于是就翻阅那些战争史和回忆录，他在书本里虽然没有找到生母的蛛丝马迹，但久而久之却找到了乐趣，体会到了一种更宽更高的境界，受到了陶冶和启迪。书籍便成了他的母亲。他的确有两把刷子，解放军的军史和重大战例他从井冈山根据地讲到建国初期，那故事没有重样的，而且每个故事都有根有据，引人入胜。因此，人们送他一美称"理论家"。他待人有一股子真诚劲，他对于这个大家庭有一股子热忱，他需要这个大家庭，他需要温暖。何勇问二根："你听说过'理论家'前些日子一档子迷糊事了吗？"

二根摇摇头："什么事？"

那迷糊事挺蹊跷。夜里进行搜索行军训练，三人一组呈三角形前进，班长在前面，"理论家"与一新兵跟在左右后方。沉沉的夜色在北风呼啸中弥漫着恐怖的气息。三个人相互呼唤着暗号，走到一处地形复杂的地方，班长放慢了脚步，想缩短三人之间的距离。忽然听到有人一声呼叫。班长急忙停住脚步，点名式地喊着身后的两个士兵的名字。当他发现张亚军失踪后，猛然记起有一年夜间训练他差一步迈进旷野中的一眼废弃的矿井，那天夜里亏了月色蒙蒙帮了大忙。班长和新兵蛋子大声呼唤着张亚军的名字，在四周展开了搜索。这时候另一小组也来了，他们是文书、卫生员和通讯员。班长一把抢过卫生员手中的手电，急匆匆地向一块小高地冲去。那小高地是一座坟墓，班长围着它转了半圈忽然发现有一个黑糊糊的洞口。借着手电光模模糊糊地看到里面有一个人，喊了几声没有回音。班长动员大家脱下裤腰带拴在一起把他吊下去。张亚军果然在墓穴里，头部碰在穴洞中的砖头上，脸上流满了鲜血。处于昏迷状态。经卫生员清洗包扎处理后，才慢慢地清醒过来。班长批评他训练精力不集中，让狐狸精把魂勾走了。他其实是趄出一只獾来，起初以为是只小猪想逮住它再寻找它的主人，便去追撵，远离了训练线路，掉到墓穴里了。后来，他写了一篇故事《古墓狐影》，在当地一本杂志上发表了，说是属于民间传说，乡土文化类。

真邪性了说曹操曹操到，张亚军手里提溜着一个草编篮子来到他俩跟前。那篮子里面满满的装着核桃、柿子饼、秋子李、花生等。他一闪身万金双在身后露出了笑脸，手里举着一瓶二锅头指着不远处一个土台子笑嘻嘻地说："周勤一会儿要演拾玉镯，叫我们去找他。"

就这样五个新兵连的战友凑在一个山窝窝里把酒吃果，叙旧论今，各述自己的迷糊事，笑声连连。当大家问到张亚军掉进坟墓里时听到什么异常的动静没有。他压低了声音神秘地说："刚掉进去的一刹那听得一女子细声柔气地说'怎么不走正门从墙头上跳进来了'？"

在一阵笑声中结束了这个很久以前的故事。

这五个人后来都奉命去了越南，在援越抗美战斗中个个都是真英雄。

总编的尾巴

编辑部的门被推开了，一阵风似的进来两个靓丽的姑娘，脚还没落地就是一阵炸笑。只见她俩笑得前仰后合，一个笑声里跳动着高八度的音符；一个笑声中含有若干个标点符号。这两个姑娘都是编辑部的顶梁柱，稍高的是冰冰，她性格爽朗，处事冷静，人都称她"可乐加冰块"；另一个稍胖的是叶子，她性情温柔的像小猫，人送绰号"一叶情"。别看她们年纪不大可童话作品却家喻户晓，《带猫遛弯的小老鼠》、《骑着小猪去逛街》、《优雅的转身》等都是脍炙人口的名篇。她俩为了期刊的专题去动物园采风而归。

笑声感染了背对门口正在构思《潇湘骄阳》、《唐门秋风》、《梦江南》三篇稿子的主编罗乐。此人是写作高手，你相信母鸡能下双黄蛋，但你绝不会相信一个人能同时构思三篇作品，只有罗乐能做到。他正在为即将出版的一期刊物缺的一篇合适的稿子而烦恼。听到笑声，他扭过头也跟着笑了，笑得有点憨气，有点迷茫，甜甜的，怪怪的。

他这一笑不要紧，冰冰和叶子竟然笑得发不出声来了，只见她俩眼里挂着泪花。

正在那里埋头审稿的副主编乔苒，是个鼎鼎有名的人物，她的作品《相逢是忧伤的歌》和《懒得漂亮》等都是全国获奖之作。她也因新一期刊物缺少一篇力作而苦思。

她用余光瞄了一眼冰冰指的方向，这一瞄不要紧，刚喝到嘴里的热茶喷然而出。她指着主编罗乐的屁股笑得说不出话来。

"你什么时候长了条尾巴？"不知谁问了一句。

主编被大家的哄笑弄的云山雾罩，急忙在屁股上抹了一把，拽下一幅长长的纸片。

"谁干的？"他眼睛紧盯着乔苒。

俩人抬起杠来，一个说是，一个说否。说是的理由很充分因为屋子里没有第三者。说否的态度很坚决，因为她压根没干过。

猛然，乔苒似有所悟，她兴奋地说："刚才小眼睛孙猴来过。"

大家不约而同地都盯上了那条"尾巴"。

那上面写满了密密麻麻的字，是一篇完整的文章，题目《老虎新娘》

"好题材，好文章，正适合配合宣传动物保护法，这稿子真乃及时雨啊！"

四个人你看看我，我看看你，开怀大笑。

脸 谱

老张头这一辈子就一个爱好，收集和绘制戏剧脸谱。最近他的这个爱好派上了用场，社区成立了戏剧社聘请他做化妆师，负责脸谱总指导，兼任为京剧花脸人物画脸谱。他也喜欢唱，有时候人手紧了，他也来一出。

最近戏社加班加点排练了一台戏，准备在社区进行第一次演出。社区领导要在演出前进行治安工作成绩的总结，要求戏社拿出最精彩的演出，吸引更多的人参加。

正式演出这天，可把老张头累得不轻。独生女儿生孩子也会挑日子，他送老伴风风火火地赶到火车站奔另一城市侍候月子去了。老张头平日在家里基本属于饭来张口，衣来伸手一族，老伴不在家他可犯了难。傍晚，他在下班的路上寻得一个小店填饱了肚子。到了剧社，看看演员们还没到就先给自己画了个窦尔敦的大花脸，然后，等待饰花脸演员再帮他们画脸谱。这是一个压轴戏，花脸联唱，有《赵氏孤儿》中的魏绛，《探阴山》中的包拯，《牧虎关》中的高旺，《华容道》中的周仓，《白良关》中的尉迟恭，《瓦口关》中的张飞，《牛皋下书》中的牛皋、《盗御马》中的窦尔敦等。十几张脸谱画下来把老张头累得直不起

183

腰。

演出大获成功，专家们称这些票友的水平与职业演员了相比难分伯仲。特别夸赞老张头画的脸谱揉、勾、抹、破四大技术娴熟，脸谱人物性格勾勒清晰，着墨着色浓淡适宜，线条疏密搭配得当。

老张头住家离演出场地仅一步之遥，他累坏了，快六十岁的人了折腾了一天，骨头架子都会散了。进了家门一头栽倒枕头上呼呼大睡。

睡至半夜，觉得口干舌燥，心里埋怨饭店的菜口味忒重，于是就爬起来喝水。

借着灰暗的脚灯光，猛然，他发现客厅里有一青年男子。那男子几乎同时也发现了他。就在一瞬间，那男子疯也似的发出凄惨恐惧的喊声，几乎晕倒在地。老张头立马意识到这是个破门入室的窃贼，就顺势踹了他一脚，那人居然摔倒在地。只见他趴在地上身如筛糠，头似捣蒜。

110的警务人员来了，带走了窃贼。临走他们丢下一句话，你这脸谱还是防贼的新方法，有创意。

这时候，老张头才意识到自己还没有卸妆。看看镜子里的脸已经没有谱了，油彩在枕头上抹画得不堪入目。

代销

古董市场来了几个有闲钱的主儿，听口音是外地人，看表情像初涉这一行当。他们在市场上转转悠悠，看着什么都新奇，拿着什么都不舍手。看看，摸摸，敲敲，听听，犹豫不决。

老刘头是这里的一个老摊主儿，黝黑的脸膛上泛着光亮，笑容里略带几分憨态，说话不紧不慢。一壶清茶，一个马扎，一把扇子，一个地摊，一守一天。

有闲钱的主儿们转悠到刘老头的摊位前，看看这件，摸摸那尊，半天挤出一句话来："是真货吗？"

老刘头回答得很实在："别的摊上我不敢说，我这里都是仿真品，就是说仿古的现代工艺品，都是批发来的，价格合理。"

几个有闲钱的主儿恍然大悟，一句批发来的仿制品让他们对于古董市场有了一个明确的定位，他们暗自庆幸没有轻易出手，上当受骗，都觉得对老刘头佩服之意无法用语言表达干脆伸出了大拇指，夸他是个诚实的商人。刘老头哈哈一笑。

几个有闲钱的主儿索性席地而坐，与刘老头攀谈起来。话题自然还是围绕着古董的真假。有人就问："在哪里能买到真品？"

老刘头喝了口茶水，慢条斯理地说："有历史故事的地方，譬如古都所在地，古代兵家必争之地一般地说是古玩较多的地方。"

几个有闲钱的主儿频频点头。有人问："这一带历史上曾建都好几次，应该是古董多的地方？"

老刘头说："到这里来淘宝的人多如牛毛，真品还能剩下多少？"

几个有闲钱的主儿都点点头。"不是说这里的农民在地里干活就能刨出宝贝来吗？"

老刘头在一个盒子里拿出一个复印的小册子，说："这是地方志的篇章，你们有兴趣就到乡间走走，那里或许有真品。"

几个有闲钱的主儿接过小册子后，问："多少钱一册？"

老刘头说："值不了几个钱，看你们大老远来的，白送。"

几个有闲钱的主儿，留下十元钱，不住地感谢后走了。

他们按照地方志里面的索宝图的指引在一个偏僻的乡村果然买到了珍宝。个个高兴，都觉得不虚此行。回到宾馆后关门堵窗，请来老刘头鉴别各自买来的宝贝，都是些历史悠久的货色，几万、十几万值了。老刘头鉴赏了一番，夸赞了一番。大家都认为这项投资开了个好头。

他们觉得手头上还有现金，来趟不容易，决定再到乡间走一趟，把现钱都用了。有人提议："要去就快，上次我们还没出村头，就有一辆宝马进了村，估计也是淘宝的。"

第二天，他们冒雨把车开进了上次来过的那个村子，看到风雨中有一个人走起路来歪歪斜斜，嘴里还骂骂咧咧。走近看原来是文物市场的老刘头。他们起初还以为他受他们的影响也是来买宝贝的，便问："刘师傅你也来淘宝？"

哪承想他嘴里喷着酒气，说："你们是何人，怎么知道我姓刘？我不姓刘，我姓游。"

几个有闲钱的主儿，还以为他没得到宝贝在发酒疯，很想宽慰他几句。

老刘头又说；"我来淘宝？你问问他们那些宝是哪来的，还不都是给我代销的，一件卖了好几万，骗我才卖了几百！"

老刘头挥动着拳头吼："骗我，也不看看我是干什么的！"

几个有闲钱的主儿都傻了眼。

打 赌

警察罗沙是个威严而公正的人，素有模范警察之称。最近，他想买一件心爱的家具，但钱不凑手，整日愁眉不展，什么事也不想做。偏偏在这时候，吉尔大街上的盗窃案像大海涨潮一样，又见涨了。被盗的居民不断来找他，请求及早破案。

艾琳娜大婶向他告发，萨万家收支不菲，很值得怀疑。罗沙答应进行一番调查。

　　这天，他来到萨万家，见房间里摆着各种上等家具，装饰品琳琅满目确实阔绰。他问道："萨万，你每月的薪水并不多，可家里摆设这般豪华，是怎么来的？"

　　萨万理直气壮地说："靠打赌赢的！"

　　"靠打赌赢的？"罗沙愈加怀疑萨万了。

　　萨万试探地说："不信咱俩打个赌。"

　　"打什么赌？"罗沙好奇地问。

　　萨万神秘地说："你的屁股上就会长出一条又粗又长的尾巴，明天早上八点你准时来，如果没长尾巴，我宁愿输给你八百元。"

　　罗沙捧腹大笑，凭他的聪明才智，压根不信自己的屁股上会长出什么尾巴。于是他拍着萨万的肩膀说："我们的赌打定了！"

　　这天夜里，罗沙躺在床上，美滋滋地想着就要到手的钱和心爱的家具。又觉得心里不踏实，不时地摸摸屁股，唯恐真会长出条尾巴来。

　　第二天早上，他按时来到萨万家。没等进屋就对迎出来的萨万说："你输定了，我的屁股上根本没长什么尾巴。"

　　萨万不信，非要亲自摸一摸他的屁股确认后才肯认输。罗沙怕失体面，起初不肯。两个人对峙了片刻，罗沙四处打量了一阵，见院子里没有旁人后，才依了萨万。

　　萨万摸着罗沙的屁股说："我赢了！"

　　罗沙不干了，他说："我的屁股上明明没长尾巴，为什么说是你赢了？"

　　萨万手里举着一大把钱从屋子里走出来，点了八百元递给罗沙，然后挥了挥手中剩下的钱笑着说："我就是这样赢来的。"

　　罗沙糊涂了，心里想明明是他输给我了，反而说是赢了，究竟是怎么回事？

这时萨万撩起了门帘，指着屋子中的三个人说："昨天，你走后我又与他们打了个赌，说你愿意让我摸屁股。他们哪里肯相信？结果每人输给我八百元。给了你的，我还剩一千六百元。"

罗沙恍然大悟，羞臊难言。他定神细看，那三个人原来是前不久刚被释放的盗窃犯。他肯定萨万的钱来路不正，但又想到自己也得到了一笔，而且来得公公正正，脸上也就露出了欣慰的笑容。

在家具商场，罗沙遇到了艾琳娜大婶。他对她说："萨万是光明正大的，他既没有偷，也没有抢。"

测谎器

两个挚友，一个名王二，一个叫刘五。

王二看着电视上播放的鉴宝节目，按捺不住，他也有一件宝，是个青铜物件，体积不大，样子如牛，内里结构复杂。是他小时候陪着爷爷在山里放养的时候爷爷当个玩物送给他的。他一直带着他，进了城把它压在箱底子下。它究竟是个什么物件，价值多少，让鉴宝节目鼓噪得他心神不宁。

最近，听说刘五正在用高科技，新理念探究文物的奥秘，便抱着青铜物件来找刘五。刘五用他的方法进行测试，据说是音响鉴定法，他从各个角度播放音响，获取青铜物件的感应数据和信息，并用电脑进行复杂的计算。

看看天色已晚，王二要走，他怕路上发生意外，便将青铜物件留在刘五家。

第二天天刚放亮，刘五就电话告诉王二说测出来了，那物件价值连城，让他拿回家妥善收藏，千万不要传让出去。

过了不多时日，青铜物件失窃了。

宝贝失窃王二又惊又急，他急电找刘五拿个办法，出个主意。

刘五问还有谁见过青铜物件。王二回忆，隔壁的张三曾经见过。那还是在刘五鉴宝之前的一个星期天，家里的自来水龙头坏了，水流满地，把木箱子浸泡了。他翻出箱子内的东西晾晒箱底。张三来家里闲聊，发现桌子上摆放着一个青铜物件，便告诫说，是个值钱的东西，不怕贼偷，就怕贼惦记。

刘五要求王二带他去张三家。

张三见来了客人便浸水泡茶。

刘五坐定后，便开门见山："你曾见过王二的青铜物件？"

张三："见过一次，是个啥宝？"

刘五："听说过测谎器吗？"

张三："听说过，公安机关办案用的。"

王二觉得刘五扯得忒远，就有些不耐烦："我家的青铜物件让人偷了！"

张三惊讶！

刘五："你们知道那是个什么物件吗？"

王二傻眼。

张三愣神。

刘五品茶。

突然，音乐响起。

瞬息，音乐停止。

刘五指着张三说："交出来吧！"

张三抵赖。

刘五："那是古代的测谎器，你说谎它就发声。"

突然，音乐又响了。

张三乖乖地交出青铜物件。

后来，王二问刘五其中的奥秘。

刘五拿出一个小型遥控器："我在青铜物件那里面放了一个音乐播放装置。"

哈哈！

一盒积木

刘老头趴在地上摆积木，他搭了一个房子，自言自语："孩子，原来的家被拆了，新家搬到这里了，回家吧！"

刘老头是有一个儿子，可是三十五年前丢失了。当时刘老头觉得儿子智力发育稍迟缓，为了开发他的智力，在儿子五岁那年，他带儿子到外地游山玩水去了。在一个文具商店里他给儿子买了一盒积木。儿子刚学会写自己的名字，就在积木盒盖上写了一排强强。儿子很喜欢这盒积木，在宾馆里摆出了楼房、桥梁等不少花样。有一天，他带儿子吃早餐，就在餐点上儿子丢失了。用餐的人说，在他去端豆汁的功夫，一只狗叼走了男孩手中的肉饼。男孩追狗去了。

儿子没找到，刘老头沮丧地带着那盒积木回家了。后来妻子想儿郁闷致死。

他的家列入拆除计划后，老刘头忐忑不安，他不愿离开这个他居住了多少年的地方，最大的理由是等待儿子回家。当推土机开到他家门前的时候，他坐在床上，怀里抱着那盒积木，口中念道："拆了房子，儿子就找不到家了，我儿子会回来的！"

一个彪悍的人一把从床上拽下老刘头，顺势踹了一脚，老刘头跌跌撞撞摔在房门外，那盒积木散落在地。他哭着喊着捡起满地的积木块。当他去捡最后一块积木的时候，那彪悍的人先手抓到，狠狠地扔出手。刘老头踉踉跄跄奔向远处，去找那块积木。只听到身后那彪悍的人说："把他送精神病院！"

石榴花

媒体披露某市的精神病人剧增，原因是强行拆迁造成的。新上任的市长决定亲自到精神病院看看，他点名要城建局长随行。该城建局长是由拆迁队长提拔起来的，因为成绩斐然，颇受前任市长青睐，破格升迁。前任市长因经济问题锒铛入狱。人们都说城建局长就是市长的一条狗，市长入了班房，怎么他还留在外面。

当市长一行人来到精神病院时，老刘头又看到那个彪悍的人站在他跟前，他又气又急又怕，浑身上下颤抖，他赶紧收起积木使劲抱在怀里，冲着他大声呼唤："放我回家，我儿子就要回家了！"

那彪悍的人就是城建局长，当时拆迁时他仅是个拆迁队长。

市长凑到老刘头跟前，还没说话，老刘头的情绪已经稳定多了。市长和蔼地说："老人家让我看看你的积木好吗？"

老刘头递给市长那盒积木后，指着城建局长说："还有一块积木让他给扔了，找不到了。"

市长接过积木，端详着积木盖上那排歪歪斜斜的签名。

突然老刘头指着市长脑门左侧那块胎记脱口喊道："强强！"

这盒积木和积木盖上的签名，早就居住在市长心里了，多少年来他依然记得走失时那段往事。市长是在孤儿院里长大的，他一直寻觅着这盒积木。市长眼里含着泪水，喊道："老爸！"

父子俩抱在一起，泪如泉涌。

这突如其来的情况惊呆了在场的所有人。

还没出精神病院，只见城建局长疯了，他不停冲大家做鬼脸，时而哭，时而笑，时而叩拜，时而作揖。

香佛

王老头有多半年没露面了，起初左邻右舍以为他到外地旅游去了，可是他过去旅游也就半个月以内就回来了，这次时间长了点，尤其是最近从他家里不断有香气散发出来，有的人说是苹果香；有的人说是橘子香；有的人说是玫瑰香，还有人说是女人粉黛的香气，反正味道不错。王老头是个老鳏夫，早年丧妻，无儿无女。素常他一个人过的也还逍遥，从不动烟火，基本上以买现成的食品为主，偶尔也吃餐馆，一个人吃饱了全家不饥困。熟悉他的人都知道，有时候他十几天都不洗脚，那种汗臭味能把人熏倒，可如今从他家里却飘散出各种香味来，这种奇怪的现象让大家平添了不少疑惑。

很快这种香气被媒体扑捉到了，一时间整个地域的人鼻子都长长了，他们似乎也嗅到了香气。但是人们不知道香气源自哪里。一时间倾城的人都加入了寻觅香源的队伍之中。

王老头的左邻右舍经过集体决议，打开了他家的房门，那浓浓的香气扑面而来。只见王老头两腿打坐，双手合一，已经停止了呼吸。他周围散落着一些罐头及袋装食品。他的膝头上有一张晚报平展着。晚报的通版都是食品广告，看起来他临终前还惦记着吃。

经有关方面鉴定王老头的死因可排除他杀和自杀，具体死亡原因不详。究竟为什么身体不腐烂，还散发着浓烈的香气也没有明确的答案。有权威人士说这是个罕见的奇迹，属于世界级的奇迹，要保护好，利用好，研究好。

香源找到了，媒体作了详细的报道，说王老头肉身变得如同石头一般坚硬，浑身散发着香气，坐在那里简直如同一尊香佛。于是，街头巷尾就开始议论起来了，他们大都为整个城市着想，有人就提议建一座庙堂，取名香寺，有了香佛、香寺，我们的城市就可命名为香城。这样就可以大大的提高城市的形象和知名度。有人甚至提议把香寺建在市中心，让香气飘遍每一个角落。他们对于未来的前景也作了大胆的预测，说不定这里会成为世界慕拜的中心。

百姓的呼声飘到当权者的耳朵里，他们也赞同建座香寺，但又觉得仅建香寺是不够的，真个市政都要配套改造，这就带来一个问题，建设资金哪里来？有精明决策者就想了一个妙招，召开一个香佛前景务虚会，邀请巨商参加。会议如期召开，各位与会商家兴致极高，务虚会变成了务实会，确定了实行股份制的模式，把投资者与香寺捆在一起，成为一个利益共同体。各位商家踊跃投资，香寺拔地而起，香寺周边也做了配套建设和改造，古色古香，别有天地。

香佛入殿仪式邀请了各界有头有脸的人物参加，盛况空前。

香寺对外开放了，国内外宾朋络绎不绝，慕拜后他们都感到震撼，同时对于香佛的形成也产生了浓厚的兴趣，人们纷纷议论，一个死人的肉身居然不会腐烂，还能够散发出浓烈的香气，这种违背常规现象颠覆了很多自然规律。

科学工作者一刻也没有停息对于香佛形成的研究，他们作为一个攻关项目，调来精兵强将，用了最精密最先进的仪器，对于香佛进行全方位的研究。他们试图从香佛的身体上取一小块物体进行剖析，但是无法实现，针插不进，刀不能入。后来生物学家、化学家，新型材料专家等多方会诊，采用了检验香气的办法，对于香分子进行分解，总算有了一个初步的结论，王老头死于食品添加剂综合症，近两千种添加剂在他的身体内起了化学反应，就形成了肉身不腐，香气四溢。至于期间的化学反应是如何形成的，目前人类所掌握科学理论尚不能释疑。

王老头死于食品添加剂综合症这一结论被封锁了。

香城名声大噪，香火更旺。

代驾

今天是贺平大喜的日子，亲朋们都来贺喜，酒宴上新郎新娘都被灌了，灌得酩酊大醉。本来计划当晚新郎开着自家的轿车带新娘到小岛度蜜月。小岛那边已经安排了宾馆。贺平朋友中有个交警，面对这种情况，他出面联系了代驾公司，请来了一个代驾司机。司机年轻干练，部队转业后第一次接活。上路前，这位交警朋友还特意用检测仪测了一下代驾司机，证实他没有喝酒后，才把抄有小岛那边住宿地址和房间号码的纸条交给他。

贺平都四十挂零的人了至今才完婚，可谓是晚婚了，说他因为成就一番事业，耽误了婚事，那纯粹是借口，其实他有处女情结。之前他先后同居过三个适龄女性，初夜时他发现都不是处女。他总认为别人用过了，到他这里已经是二手，或者是三手了，心里硌硌棱棱的，所以都不了了之。他之所以结婚，不言而喻是找到了一个处女。这女子小他二十岁，而且他通过医院的关系在女子体检时作了查证。他期待着新婚之夜。

代驾司机是个过敏型身体，当车开到半路时，他就觉得新婚夫妇喷出的酒气熏得他晕晕乎乎的，别人喝了酒浑身发热，而他吸了酒气就觉得不寒而栗。他下意识地拽过贺平脱下的外衣穿在自己身上，头虽然还是晕，但身子暖和多了。

汽车在行驶，车内的三个人都醉晕了，就连新郎外衣上的那朵红花似乎也醉晕了，它耷拉着脑袋不停地在司机胸前摇摆。

半夜，轿车来到小岛宾馆，代驾司机出了车跟跟跄跄地进了宾馆，把住宿房间号交给服务生后，就趴在柜台上睡着了。

服务生们事前知道，这是当天最后一行宾客，总经理交代过这是他朋友介绍来的贵人要好好关照，他们不敢怠慢。两个男人谁是新郎？他们认真地辨认了一番，看看趴在柜台上的代驾司机，穿着新郎官的西服，年龄与新娘相仿，认定他就是新郎，再看看贺平年龄明显不合适，还留着胡子，他们误以为他是新娘的监护人，于是就把代驾司机与新娘背到一个房间里，把贺平背到另一个房间里了。

第二天上午，贺平醒了酒，当他打开妻子的房间后，看到代驾司机与新娘赤身裸体同床共枕，还在酣睡。他意识到自己的处女梦破灭了。

荒漠幽灵

枯草在寒风中摇曳。

一只藏羚羊昂首立于风中，那一对高挺对称的犄角显示了它雄性的健美。此刻它不是在向大自然展示自我，它是在瞭望，目光中闪动着恐慌和郁闷。它是家族中所剩唯一的雄性，就在它家族为它庆祝生日的时刻，它们突然遭受到偷猎者的袭击，已经被追击三天了，它的同族和妻妾有的被猎杀，有的被打散。

突然，藏羚羊感觉到一种不祥的征兆，它拔腿就窜。

一声枪响，藏羚羊应声倒在血泊之中。

几乎在同时，那个偷猎者也瘫在荒草中，他是因过度疲劳和饥饿而亡。

寒风伸出手，拉扯着两个幽灵在升腾，他们面对面，藏羚羊的幽灵含着泪质疑偷猎者的幽灵为什么如此残忍？偷猎者的幽灵告诉它，只有猎杀它才能换来钱，有了钱才能过上好日子。

两个幽灵成了一对冤家。在荒漠中偷猎者幽灵依然追击藏羚羊幽灵。

一天，一队野生动物保护者从这里路过。他们携带搜寻幽灵的精密仪器和装备。

两个幽灵各有惧色。偷猎者意识到面临的危险，他深知动物保护者不会伤害藏羚羊，于是，他灵机一动钻进藏羚羊的躯体里了。藏羚羊无奈只好藏在了偷猎者的躯体里，它本应该向动物保护者投诉，但它哪里知道有谁会保护它们！它只知道那队人与偷猎者是同类，同类肯定是不会互相伤害的。就这样他们的幽灵和躯体换了位子。

那一队人没有发现他们，匆匆远去。

阴差阳错，两个幽灵在各自藏匿的躯体里出不来了。藏羚羊成了偷猎者，偷猎者成了藏羚羊。

从此，在荒漠中出现了一种罕见的图像，一只藏羚羊在追赶一个偷猎者。

秃尾巴貂

一只老紫貂被人打掉了尾巴，从此成了一只秃尾巴貂。

一年后，一个体弱的老妇人来到一户人家乞讨。这户人家主事的是个壮年男子，他给老妇人提供了食物，并请老妇人留住。老妇人被这一家人的善良所感动，临走时千恩万谢。

过了些时日，一单身青年男子刚要出门，忽然发现一只瘸腿的狗躺在门前，舌头不停地舔腿部的伤口。男青年随即将它抱回家，给它的伤口敷了药。他家里已经有十几只流浪狗，都是男青年捡回来的。在男青年的精心护理下受伤的狗很快痊愈了。几天后那狗悄然离去，男青年以为它寻觅自己的主人去了。

在一个舞会上，一个阔绰的裘皮制品老板结识了一个貌美如仙的女子，舞池中他觉得难以尽兴，于是邀请女子到别墅去，并答应送给女子一件名贵的裘皮制品。女子应允了。当阔佬打开衣橱向女子展示各种毛色，各种款式的貂皮大衣时，女子身躯战栗，目光惊诧。阔佬让女子挑选一件可心的貂皮大衣，女子断然拒绝，阔佬大惑不解，他解释说："我这里的大衣都是纯正的上等货色，是专门为我意中的女人准备的，别的女人一件都嫌不够，而你却一件也不要！"

为了讨女子欢心，阔佬打开一只密码箱子，取出一只貂尾，说；"这条紫貂尾巴夜间能发出五颜六色的光，是我一年前随朋友去打猎时发现了一只紫貂，一枪打去，遗憾的是让貂跑了，只得了这条尾巴。"

当夜，阔佬要与女子开怀畅饮，女子执意离去。临别时那眼神令阔佬不寒而栗。阔佬觉得这个女人怪癖、傻帽、恐怖。

夜半，寒风骤起。

阔佬醉梦中依稀觉得一只紫貂进了屋，打开密码箱子偷走了貂尾。

凌晨，阔佬发现自己的络腮胡子全脱落了，从此他成了一个变性人，似太监一样面目全非。

后来有人传说有一只紫貂修行千年，眼看就要成正果了，却被阔佬打掉了尾巴，为了寻觅它的尾巴，它变成老妇人、受伤的狗和美女。它偷吃了阔佬下半身那个葫芦里的两粒妙丹后尾巴还原了，而阔佬却丧失了男人的功能和资格。

天上掉下个林妹妹

一大早，满天的喜鹊疯了，唧唧喳喳叫得人都发慌。

《时尚》杂志编辑部的电话像开了锅，嘚呤嘚呤响个不停。起因是该杂志发的一篇文章，说据天文学家、宇宙学家、生物学家、数学家、化学家、物理学家和哲学家通过最新的天体理论和寰宇生态繁衍学的综合分析研究，发现了一个让世界惊动的奇特现象，断定在今天中午十二点准时，天上会掉下若干个林妹妹，落在市中心广场上。一些国家级别的大科学家也都有明确的表态，说这是开天辟地第一回，千载难逢的奇事。权威的大律师经过反复斟酌，慎重地说，因我国法律对天上掉下的人口之归属尚无界定，原则上应该是谁抢到林妹妹就应该归属于谁。

从电话铃响的急促和脆生劲儿你可以体会到那里面饱含着兴奋和疑惑。编辑部的人马倾巢出动了，他们怎能错过这么好的机会，都到现场采访去了。

记者a遇到一个兴冲冲的小帅哥，问他抢到林妹妹该做何对待，他不假思索的又有几分羞涩地说做老婆。

记者b采访了一对老夫妻，他们说抢到了就让她做家务，侍候他们老两口安度晚年。

记者c拦住一个背离广场的汉子问你怎么不去抢，他答道，俺家里有好几个妹妹了，都靠俺打工养活，再添一个吃什么？

十二点即临，广场上人头攒动，水泄不通。那些卖望远镜的流动个体户苦于货源不足，连残次品都脱销了。

突然，有人喊，看到了，一个、两个……人群活跃起来了。

只见空中若干个女子身着艳丽的服饰，彩带扶摇，飘飘欲仙，仿佛还有轻柔的天外乐曲奏鸣。

人们踮着脚，跳着高呼唤着林妹妹的名字，期盼她的降临，眼看着那空中的美人竟然忽忽悠悠地飘然而去。

正当人们大失所望时，突然有人觉得头部被什么物体砸了一下，抬头看看满天飞舞着比馒头还大许多的金元宝。人们再一次沸腾了……

有的人抱了一摞金元宝兴冲冲地往家跑，一不小心掉在地上一个摔了个八瓣。里面竟然装着一卷"林妹妹"牌手纸。

总裁的生日

某跨国公司的总裁有着很好的声誉，特别是他不苟美色是出了名的。

总裁秘书室的人大都很崇拜他，唯独有一人对总裁的德行不屑，这人便是公司里最美的女秘书和子，她走南闯北就没见过不贪色的上司，这个老总之所以蒙蔽视听，无非是为了参政，想弄个议员干干。

这天是总裁的生日，和子特地邀请他到她的家里小聚。总裁喜出望外，他对和子青睐已久，有这么好机会真是可遇不可求。

晚上他按时来到和子家。他们喝着香槟、听着音乐，还在柔和的灯光下相拥着翩翩起舞。过了一会和子对总裁说："我要给你个惊喜，我先进卧室，听到我的掌声后你再进去。"

掌声响起来，总裁推开卧室的门，只见满屋子职员都举起了酒杯，唱着祝福生日快乐歌曲。

总裁一丝不挂地站在那里无地自容。

原来是和子跟大家打了赌，如果总裁赤身而入，那些人每人输一千美元，反之，和子输给每人一千美元。

和子虽然赢了，但她不得不离开那个跨国公司。不久她又到了另一家更大的公司，她听说公司的老总名声绝佳。

蒲松龄的故事

这天，蒲松龄照旧在家门前摆上小桌和板凳，沏上好茶等待过路人留下一段故事。

一个陌生的老汉匆匆而来，蒲松龄便招呼他就座歇息。

老汉摆摆手说："不必，我有急事。"

蒲问："有何急事？"

老汉答曰："河边来了一只被撞破的大船，满载的小麦便宜卖出，都排上队了，我要赶紧回家推车。"

看着老汉远去的身影，蒲松龄心里想，去买些廉价的小麦，有人留下故事就赠麦于他，岂不美哉。于是便套上两驾马车直奔河边而去。

河边空无一人，蒲松龄大呼上当！

过了数日，蒲松龄去乡里赶大集，忽然看见那日的老汉正蹲在墙角买鸡蛋，有一妇人上前搭讪。两个人商量定了以个论价，便要数蛋。那夫人两手空空，鸡蛋往哪里盛？正好不远处有一个捣米的石臼，于是便把数过的蛋放在石臼里。不一会一篮子鸡蛋装满了石臼，还剩下一篮子怎么办？夫人让老汉蹲下身用两只胳膊绕在石臼上边，把剩下的蛋堆在里面。她告诉老汉："我去取器皿，一会儿便归。"

老汉胳膊围着鸡蛋不敢动弹，等了好几个时辰，不见那夫人的影子，哭叫不迭。

蒲松龄问那老汉："被骗滋味如何？"

那老汉答曰："我在编写一书，书名就叫'骗术'，正在收集素材。"

蒲松龄诧异。

事后他很想构思一篇鬼故事来表现这两桩事，遗憾的是没能如愿。